倪玉明 编著

图解足球技巧

福建科学技术出版社

图书在版编目（CIP）数据

图解足球技巧/倪玉明编著．—福州：福建科学技术出版社，2005.7（2006.7 重印）

ISBN 7-5335-2607-4

Ⅰ.图…　Ⅱ.倪…　Ⅲ.足球运动—图解　Ⅳ.G843-64

中国版本图书馆 CIP 数据核字（2005）第 052158 号

书　　名	**图解足球技巧**
编　　著	倪玉明
出版发行	福建科学技术出版社（福州市东水路 76 号，邮编 350001）
网　　址	www.fjstp.com
经　　销	各地新华书店
排　　版	福建科学技术出版社排版室
印　　刷	人民日报社福州印务中心
开　　本	850 毫米×1168 毫米　1/32
印　　张	5.875
字　　数	135 千字
版　　次	2005 年 7 月第 1 版
印　　次	2006 年 7 月第 2 次印刷
印　　数	5 001—8 000
书　　号	ISBN 7-5335-2607-4
定　　价	20.00 元（赠 VCD 光盘壹张）

书中如有印装质量问题，可直接向本社调换

前言

Foreword

足球有世界第一运动之美称，是世界上最普及的体育运动之一。它融趣味性和观赏性于一体。足球赛场上的盛衰交织、高潮迭起，对观众和球员有着极大的感染力和吸引力，融进了成千上万球迷的生活之中。

在世界足球大潮推动下，中国足球近年来也得到了迅速的普及。20世纪90年代开始的职业联赛、2002年中国男子足球首次成功冲击世界杯以及中国女子足球队在世界大赛中的出色表现，都有力地推动着中国足球运动的普及。为了适应蓬勃开展的足球运动，许多足球爱好者、青少年球迷和教练员均急需一本类似于实战宝典一类的、学之有效的书。

基于这个出发点，本人凭借多年的比赛实践与扎实的理论功底编写了这本书。书中遵循系统性，突出实用性，针对足球比赛中最本质的技术要点，结合先进的训练方法进行介绍，同时也介绍了易犯错误的纠正方法。在战术打法选择上，注重实战效果的介绍。本书还针对各地盛行的小型足球比赛，特地加编了3人制、4人制、5人制、7人制的足球比赛方法、战术打法、规则裁判等内容。为了让读者能更直观地掌握足球技术，随书还配制了一张VCD教学盘，可谓文图影并茂。

我相信，本书对于矢志培养未来足球人才的教练员，以及有志成为未来足球新星的青少年球迷和足球爱好者，都是一本必读之书。

本书在编写过程中得到文国刚、张若谷、林小宁、江武贵、官华明等人的大力支持与帮助，在此深表感谢。

倪玉明

2005.5

目录

Catalogue

Football

一、足球运动基本知识

（一）比赛场地与足球

1. 场地设施

标准足球场必须是长方形的，场地平整，可有土质、人工草皮或天然草皮，最为理想的是种有天然草皮的足球场。（图1-1-1）

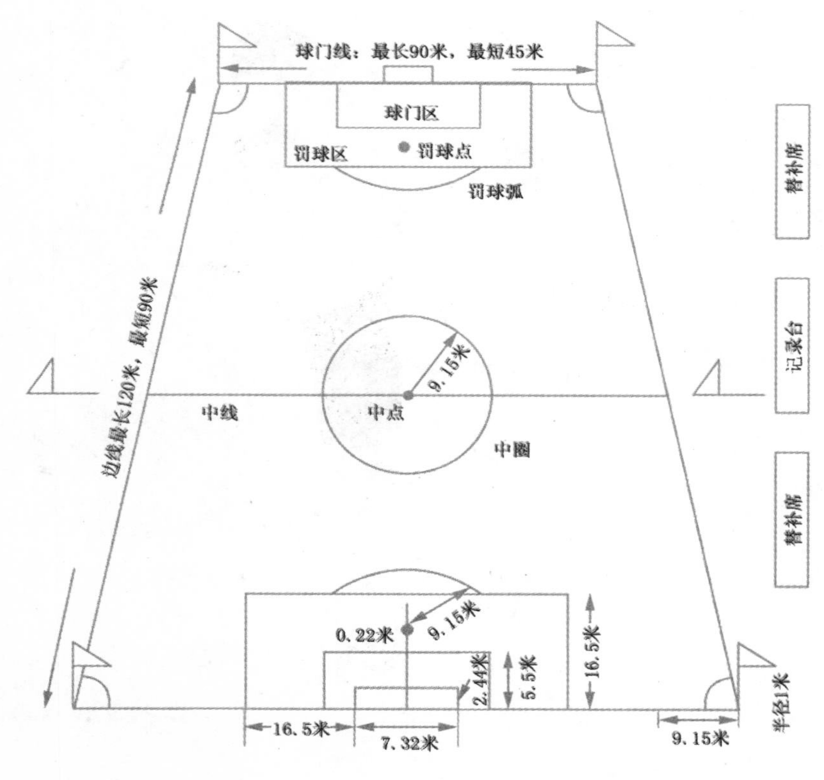

图1-1-1　标准足球场

（1）球门区：从距每个球门柱内侧5.5米处，画两条垂直于球门线的线，并向场内延伸出5.5米，与一条平行于球门线的线相接。由这四条线组成的区域范围便是球门区。

（2）罚球区：从距每个球门柱内侧16.5米处，画两条垂直于球门线的线，并向场内延伸出16.5米，与一条平行于球门线的线相连接。由这四条线组成的区域便是罚球区。

在距每个罚球区内与球柱之间等距离的中点11米处，设置一个0.22米的罚球点，再以罚球点为圆心，以9.15米为半径画一罚球弧，相交于罚球区线上。

（3）旗杆：在比赛场地的每个角上各竖一根不低于1.5米的平顶旗杆，上面系有一面30厘米×40厘米的小旗。

在中线的两端，边线以外不少于1米处，也可以放置旗杆。（图1-1-2）

（4）角球弧：在比赛场地内，以距每个角旗杆1米为半径，画一个四分之一弧为角球弧。（图1-1-2）

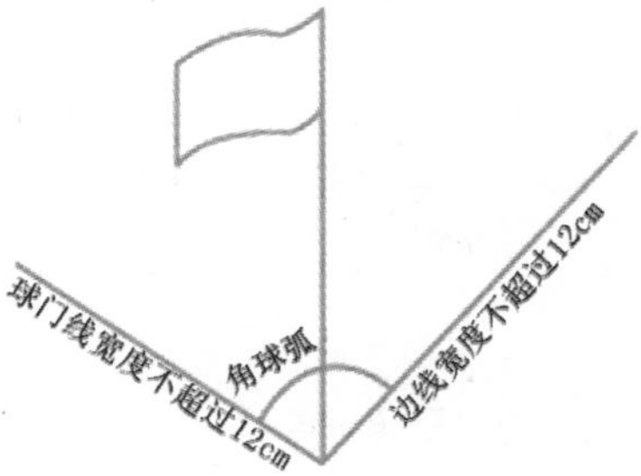

球门线宽度不超过12cm
角球弧
边线宽度不超过12cm

图1-1-2　旗杆与角球弧位置

（5）球门：球门必须放在球门线的中央，是由两根距角旗杆等距离的柱子和连接其顶部的水平横梁组成。两根柱子间距7.32米，横梁下沿到地面的距离为2.44米。两立柱与横梁均为白色，宽度与厚度相同，均不超过12厘米。球门网可系在球门及球门后面的地上。

（6）中点与中圈：球场中线的中点为开球点，以开球点为圆心，9.15米为半径画一圆圈为中圈。

（7）替补座与第四官员席：场地中区应设置比赛队替补球员、教练员、球队官员以及第四官员的坐席。

2. 足球

（1）球的标准：足球从1号球到5号球共分为五种。1号球圆周为35~36厘米；2号球圆周为44~46厘米，重280~310克，这两种球均为少年儿童用球，很少用于比赛。3号球圆周为54~56厘米，重270~320克，多为3人制、4人制足球的比赛用球。4号球圆周为62~65厘米，重330~390克，多用作5人制、7人制足球的比赛用球。5号球为正式比赛的标准用球，其圆周为68~70厘米，重量410~450克，球的气压为60~111.5千帕（0.6~1.1标准大气压）。球员平时用球，也可用单手持球与人高，让球自由落地反弹1.2米高即视为标准压力。

（2）球的质料：圆形，用皮革、合成革或橡胶材料制成。

（二）术语和符号

1. 基本术语

（1）守门员：防守本方球门。

（2）后卫：负责防住对方前锋，并伺机进攻。

（3）前锋：担负进攻得分重任，兼职防守。

（4）前卫：锋卫之间的桥梁，攻守的枢纽。

（5）传球：用合理部位接触球后传给同伴。

（6）运球：跑动中用脚的部位连续推拨球。

（7）射门：用合理部位将球踢向对方球门。

2. 符号与图示

(1) △ 进攻球员
(2) ○ 防守球员
(3) △G 攻方守门员
(4) ⒼG 守方守门员
(5) □C 教练员
(6) ● 足球
(7) 旗标
(8) 标志帽
(9) 球门
(10) → 传球路线
(11) ⇒ 射门路线
(12) 运球路线
(13) ---> 跑动路线

(三) 球员人数与装备

1. 球员人数

(1) 一场比赛每队上场球员为11个，其中必须有一名守门员。若每队少于7名球员时，则停止比赛。

(2) 正式比赛每场可替补3名球员。在延长期内，如某队尚未换足替补名额，仍可进行替补。在互罚点球决胜负中，场上守门员受伤，方可由规定名额以内未换足的替补球员替补。

(3) 在比赛中守门员与场上球员可互换位置，但必须在死球时通知裁判员，并以更换服装为标志。

2. 球员装备

通常情况下，球员的装备包括球鞋、比赛服装以及防护性装备三大类。(图1-3-1)

(1) 比赛服装：比赛服装的基本原则应以不妨碍球员在场上

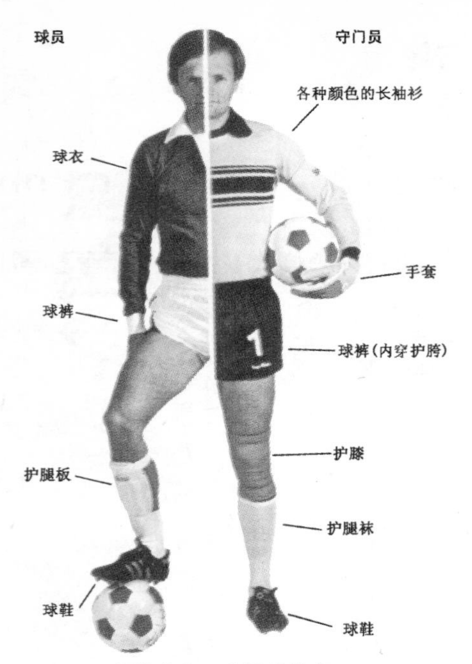

图1-3-1　球员的装备

做各种动作为前提，所以宽松与合体为首选的条件。

训练服要求宽松、不影响训练即可。球员还可根据自己的习惯及气候条件随时增减厚薄服装或长、短袖服装。训练服的颜色除特殊要求外，可不做统一规定；而比赛服装则要求非常严格。正式比赛时，不仅要求全队比赛服装在颜色及式样上要统一，而且要在服装的指定部位印制号码，如达不到这些要求，则不允许参加比赛。

此外，在不同气候条件下还必须考虑穿不同特征的比赛服装。

(2) 球鞋：球员在训练与比赛中，选择适合自己双脚尺寸的球鞋是至关重要的。球鞋应在本人感觉合适的基础上略微紧一些为好，这样有助于脚对球的感觉。但必须注意，鞋不能太小，因为人在运动时，双脚会有一定的膨胀，鞋太小所产生的挤压感会影响训练的效果与比赛的发挥。

在不同场地和气候条件下，球员应穿相适应的球鞋。例如，天然草皮场地用软钉球鞋，雨天场地用螺钉球鞋，结冰场地用高铝钉球鞋或防冰碎钉球鞋，硬土地场地用软钉球鞋，室内场地用专用足球鞋，人工草皮场地用尼龙钉鞋。（图1-3-2）

图1-3-2　专用球鞋

（3）其他防护性装备：护袜是被认定为比赛服装的组成部分，同时又是区别双方球员的标志之一。当球员低头运球时，只要通过识别护袜的颜色即可将球传给同伴。

由于足球运动对抗十分激烈，为防止可能出现的伤害事故，应配备必要的防护性装备。

在小腿骨的正前方系上护腿板是规则明确规定的。现在制作的护腿板越来越轻巧、坚固，既不会给球员在比赛中增加任何负担，又能起到保护的作用。腿部、膝部、踝部及腕部有伤的球员还可分别选用护腿、护膝、护踝和护腕等。

图1-3-3　守门员的特殊防护

守门员由于其位置特殊，除护膝、护肘外，还应配置手套及胯部防护用具。（图1-3-3）

（四）赛前热身与赛后恢复

赛前热身是指在训练或比赛前，球员所做的准备性练习。赛后恢复的目的旨在帮助球员由身心的疲惫状态恢复到正常状态。

1. 赛前热身

热身活动可以使肌肉的温度上升，促进血液循环并增加体内氧的供应，改善肌肉的收缩和放松条件，同时，也能做好心理上的准备，为进入比赛状态创造条件。

（1）一般性热身活动

1）球员先进行轻松小量慢跑，使体温与心率逐渐提高。

2）进行全身主要肌肉与关节的伸展活动，特别要注意牵拉那些在比赛中常用到的肌肉和关节，如脊柱、臀部和双腿。然后再进行中速慢跑。

3）快速跑步，使球员进入比赛状态。时间一般掌握在20分钟为宜。

4）慢跑、侧身跑及倒退跑交替进行。

5）柔韧性练习时，活动步骤要由慢到快、由轻到重、循序渐进，每节4×8拍。（图1-4-1）

图1-4-1　柔韧性练习

①两臂上举　②上体侧屈　③上体前屈　④弓步下压腿　⑤弓步深压腿　⑥弓步侧压腿　⑦蹲位，上体前压　⑧坐位，直腿体前压　⑨坐位，前压抱脚　⑩坐位，抱脚提腿　⑪站位，抱脚后屈腿　⑫坐位，侧体前压　⑬站位，抱膝上提　⑭卧位，侧体抱腿　⑮坐位，分腿体前压　⑯卧位，侧体抱脚后举腿　⑰卧位，双手抱脚前举腿

6）最后进行赛前侧身躲闪、变速中变向、侧向跑动、冲刺跑等训练。（图1-4-2）

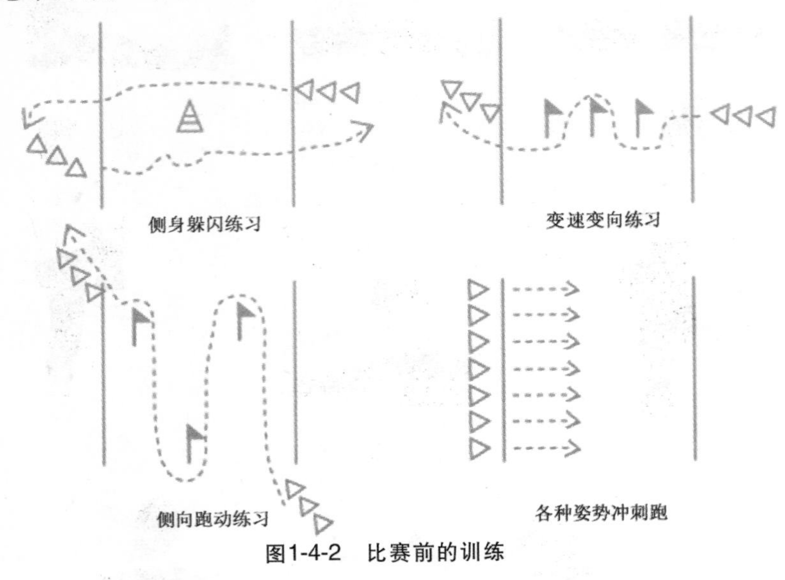

图1-4-2　比赛前的训练

（2）结合球的准备活动

1）球员每人一球，慢速跑动中沿球场运球。

2）球员两人一球，结合球进行牵拉练习。

3）球员两人一球，运动中先做传接球再做中等力量射门练习。

4）球员两人一球，做从头上向脚下轮转传递球、侧转体传递球、仰卧双腿传接球和手抛球及手接球等练习。（图1-4-3）

④
图1-4-3 结合球的准备活动一
①轮转传递球 ②侧转体传递球 ③仰卧双腿传接球 ④手抛球与手接球

5）球员两人一球，做用单脚互相传接地滚球、双脚传接地滚球、两人头顶球等练习。（图1-4-4）

① ② ③
图1-4-4 结合球的准备活动二
①单脚传接地滚球 ②双脚传接地滚球 ③两人头顶球

2.赛后恢复

赛后恢复是球员训练过程中不可分割的组成部分，正像训练中需要负荷一样，训练后的恢复同样是必需的。赛后恢复的内容通常与准备活动相似，只是在顺序上截然相反，运动量不宜过大，要使球员心情放松，从而让他们身心状态逐渐恢复到正常水平。这个阶段大约需要15分钟。（图1-4-5）

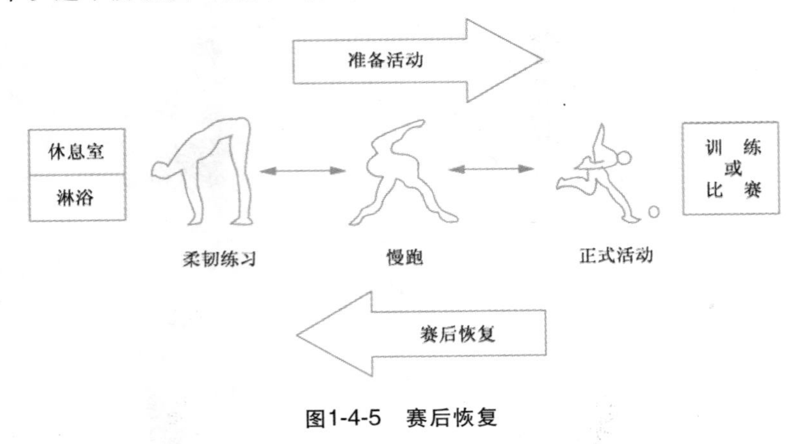

图1-4-5　赛后恢复

（1）一般性恢复

1）球员训练后先慢跑400米。

2）慢跑后循序渐进地进行柔韧性牵拉练习。（图1-4-6）

3）球员做深呼吸放松练习。

①

②

③

图1-4-6　柔韧性牵拉练习

①站位，掌心向上举臂　②站位，交叉曲肘举臂　③坐位，脚心相对体前压　④坐位，单腿直伸前压腿　⑤跪位，双手抱脚体后压　⑥单腿弓步体下压　⑦单腿弓步体前压　⑧卧位，双手抱膝向上拉伸

（2）结合球的赛后恢复

1）球员训练后先慢跑400米。

2）球员两人一球，做传接球练习。

3）球员每人一球，做颠球放松练习。

4）球员排成两列横队，进行四肢牵拉放松，最后深呼吸调整。

（3）赛后积极性恢复措施

1）水疗法可以包括热水淋浴、热水盆浴、冷热水交替浴、蒸气浴等。

2）桑拿。

3）按摩。

（4）合理营养与饮食：球员练习或比赛时，身体必然要消耗许多能量，在练习或比赛后，就必须及时补充各种营养。合理的营养和科学的饮食，对球员的体能恢复起着非常重要的作用。

1）合理的营养包括了六大营养素：碳水化合物、蛋白质、脂肪、矿物质、维生素和水的平衡。

2）一种食物不可能包含人体所需要的各种营养素，为了获得全面营养素，饮食就必须进行科学的搭配。

理想的营养方案是：大量碳水化合物（淀粉与糖）、少量脂肪、适量蛋白质与维生素，和及时补充水分。

科学的饮食方案是：早餐有面包、麦片、水果、果酱或蜂蜜、酸奶、奶酪和低脂肉片（香肠、火腿）、煎蛋或煮蛋、果汁或茶；中餐或晚餐有涂抹低脂的面包、加入蔬菜的牛肉汤、配有菜和肉的面条、奶酪、鸡蛋、米饭、土豆沙拉或青菜、含矿物质和维生素的饮料。

（五）足球运动中常见损伤的防治

足球比赛中，由于对抗性强、拼抢激烈，发生创伤的几率很高，了解损伤的原因，对球员的身体健康有着很现实的意义。最常见的创伤是急性创伤中的拉伤、擦伤。外伤中最轻的为擦伤，重的有骨折、关节脱位及内脏破裂。（图1-5-1）

1. 运动损伤的原因

（1）激烈比赛中受伤：在快跑、争抢、铲球中，球员容易发生大、小腿肌肉拉伤与断裂，或因小腿内收、外展幅度过大，引发膝、髋关节的韧带损伤及关节扭伤。

（2）踢伤：比赛中球员的身体尤其是腿部常被对方踢伤、撞伤，引起肌肉挫伤、皮下血肿等。

（3）摔伤：在争抢、冲撞时球员失去重心摔倒，特别是在土

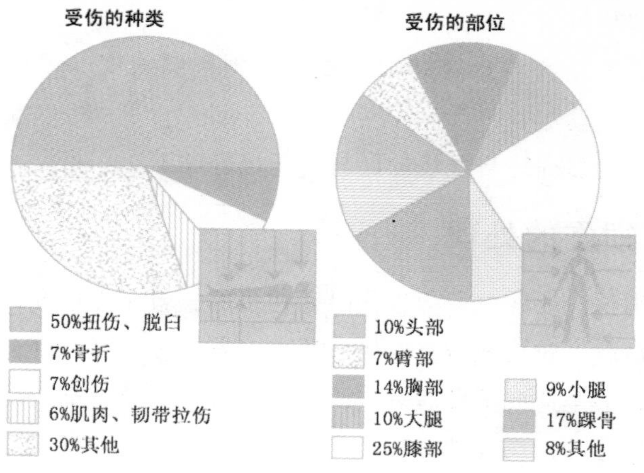

图1-5-1　受伤的种类与部位

地球场上，常常造成膝或肘的滑囊炎、骨折或脑震荡等。

（4）球击伤：比赛中由于距球近，球员避之不及被击中面部、腹部、阴囊睾丸而受伤。

（5）因动作不当引起受伤：球员练习时间过长，或因脚背外侧用力过猛，容易损伤距腓前韧带。特别是在双方球员对脚时，很容易造成内外侧副韧带撕裂。

（6）其他慢性伤：球员常由于局部劳损发生慢性伤害。其中最多的是踝关节创伤性骨关节病（足球踝）与髌骨劳损。

2. 损伤的预防

（1）球员应树立正确的比赛动机，不做有意犯规与伤人的动作。

（2）加强全面的身体素质训练，尤其要进行踝关节、膝关节及大、小腿肌群等易伤部位的训练。

（3）正确掌握技术要领，练习时运动量要循序渐进，增强自我保护意识。

（4）训练或比赛时要严格执行与竞赛规则有关规定，穿好护

袜与护腿板等。

(5) 严格执行竞赛规则，提高裁判判罚力度，严惩故意犯规、踢人等动作。

(6) 加强训练与赛场的器材、场地管理工作。

3. 损伤的处理

在训练、比赛中发生损伤时，初步的急救非常重要，处理及时，球员就能较快地恢复健康。反之，若处理不当，则会延长治愈时间；甚至造成不良后果。因此，教练员与球员都必须了解掌握必要的运动损伤处理方法。

(1) 挫伤：挫伤是外力直接作用于身体某部位所引起的一种闭合性损伤。足球比赛中挫伤通常是由相互间冲撞、争顶、踢抢、蹬踏等所引起的。常见的部位有脚背、脚趾、小腿胫骨、大腿前部及头部等处。

轻度挫伤表现为局部皮肤微肿，当即稍加冷敷后即可继续参赛。重度挫伤多呈现皮下出血、皮肤青紫红肿。出现这种情况，常用冷冻喷雾剂喷涂并包扎加压，随后送医院进行治疗。若伤及头部、躯干，出现休克症状，要让伤员平卧，并立即送医院抢救。

(2) 擦伤：这是肌体表面与粗糙物体相互摩擦而引起的皮肤表层损伤。一般较小的擦伤可用生理盐水或其他药水冲洗，涂上红汞或紫药水。较大的擦伤伤口最易受感染，须用生理盐水冲洗干净，再敷药。如关节周围擦伤，在清洗消毒后，最好采用磺胺软膏涂敷，以利于活动。

(3) 拉伤：足球运动中大腿后肌群与小腿后肌群拉伤最为常见。它是由于肌肉受到强力牵拉而造成肌肉损伤、撕裂。轻度拉伤有压痛感、肿胀感；如是肌肉拉断，伤员多有撕裂感，可在断裂处摸到凹陷。

拉伤发生时应立即用镇痛喷雾剂进行局部处理。肌纤维轻度拉伤的，用针刺疗法效果较好。肌肉、肌腱断裂的应及时加压包扎，并送医院诊治。

（4）撕裂伤：撕裂伤是指受外物打击而引起皮肤和组织出现裂口，有出血和污染。足球比赛中争顶头球时常常会发生眉际裂伤，此时可先用碘酒或酒精消毒后，再用云南白药或其他药物止血。并用消毒纱布加压包扎。如血流不止应先在靠近伤口处用止血带包扎后，立即送医院救治。伤口较深、较大的，还必须清洗后缝合，并注射破伤风针剂，同时口服抗生素预防感染。

（5）关节脱位：关节面受外力撞击失去正常的联系，称为关节脱位。关节脱位时，一般常伴有关节囊撕裂，以及周围软组织损伤或破裂。足球比赛中常见的关节脱位有肩锁关节、肩关节、肘关节。当关节脱位后，受伤关节疼痛，有压痛和肿胀，关节功能丧失，出现畸形，关节内有血肿。这时，应立即用夹板和绷带固定住脱位关节，送医院治疗；也可用两条三角巾分别折成宽带，一条悬挂前臂，另一条绕过伤肢上臂，缚结于肩腋下。

（6）关节扭伤：关节扭伤是指在间接外力作用下，关节发生超常范围活动而引起的关节内外侧韧带闭合性损伤。在足球活动中最常见的是踝关节内外侧韧带扭伤。

出现这种扭伤时，球员可先在患处喷冷冻剂，再加压固定，并迅速送医院治疗。

（7）骨折：骨的完整性遭到破坏叫骨折，骨折有闭合性骨折和开放性骨折两种。闭合性骨折指骨折处皮肤完整，骨折端不与外界相通；开放性骨折是指骨折端突破皮肤，直接与外界相通。骨折是足球运动中较为严重的损伤，但其发生率不高。

发生骨折时应采取以下急救措施：

1）如出现休克及大出血等危及生命现象时，首先要做止血

抢救，让伤员平卧保暖，用止血带止血后，迅速送往医院抢救。

2）如怀疑骨折处可能是脊柱，应迅速请医务人员到场处理，不要移动伤员。如是大腿、小腿骨折，尽可能不要移动伤肢，要就地固定。

3）对开放性骨折或有伤口的伤员，首先要止血，再用消毒巾或纱布包扎后，迅速送医院救治。对已暴露在伤口外的骨折端不要触摸，更不要试图放回伤口内，以避免感染。

4）伤肢固定时，固定用具长短宽窄要合适，长度须超过骨折部的上、下两个关节，夹板与皮肤之间要有垫衬物固定。

4. 球队的急救设备

为了能对比赛或训练中发生意外事故及时采取措施，任何一支足球队都要配备一些急救设备。其中包括随手携带的急救箱，有条件的还需配备一些特殊设备。

急救箱中应包括下列物品：

(1) 擦洗伤口的药棉、纱布、棉签、剪子、别针、胶布、消毒包扎布。

(2) 红汞、碘酒、紫药水。

(3) 绷带、三角巾、止血带、夹板、双面贴包扎绷带。

(4) 云南白药、止痛药、抗生素类药膏和药液。

(5) 眼药水。

(6) 生理盐水、酒精、冰袋。

(7) 消毒肥皂、过氧化氢溶液、镇痛喷雾剂、按摩油。

(8) 破伤风针。

(9) 医院电话。

(10) 球员家庭地址和电话。

Football

二、足球基本技术与训练

在足球运动的各种要素中，足球技术是基础，有了技术才会产生许多行云流水般的默契配合。足球技术分为有球技术与无球技术，若掌握不了有球技术，这个球员在场上势必无所作为，这个队在场上肯定处处被动。

相反，如果将足球技术融会贯通，升华到自动化的运用程度，形成技巧时，足球比赛一定是激情四射，魅力无限。

（一）颠、挑、拉、扣、拨球技巧与训练

1. 颠球技巧与训练

颠球是球员通过身体各种合理部位的触及，建立起对球的敏感性，进而熟练掌握球的性能及规律。有了球感，才能进一步掌握足球的高难动作。因此，颠球对球员来说，应是经常需要坚持进行的一项练习。

最常用的颠球技术有：脚背正面颠球、脚内侧颠球、脚背外侧颠球、大腿颠球和头颠球。

（1）动作要领

1）脚背正面颠球：这是用第一、第二、第三楔骨与跖骨末端颠球的一种方法。颠球时，支撑脚的膝关节微屈，身体重心落在支撑脚上；颠球脚的脚尖微翘，小腿轻轻甩动，轮流用双脚脚背部位触球的下中部，将球向上击起。（图2-1-1）

2）脚内侧颠球：支撑脚的膝关节微屈，身体重心落在支撑脚上。当球落至颠球脚膝关节以下时，屈曲盘腿，小腿向上摆动，脚内翻与地面呈水平状态，用跟骨、舟骨与拇趾骨所组成的脚弓部位触球的中下部，将球向上击起。（图2-1-2）

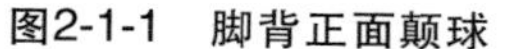

图2-1-1 脚背正面颠球

图2-1-2 脚内侧颠球

3）脚背外侧颠球：支撑脚微屈，重心落在支撑脚一侧。当球落至颠球脚的膝关节附近时，小腿向外上摆，脚外翻使脚外侧与地面呈水平状态。用第三、第四楔骨与跖骨的末端触球的中下部，将球击起。（图2-1-3）

4）大腿颠球：支撑脚微屈，重心落在支撑脚上。当球落至膝关节部位时，颠球脚屈膝，大腿摆至水平状态时，触球的下中部，将球击起。（图2-1-4）

5）头颠球：双腿开立，两臂自然张开，膝关节微屈，重心适当下降，头后仰。当球落至前额高度时，脚蹬地伸膝，腰稍向上用力，颈部适当紧张，用前额触球的下中部，将球击起。（图2-1-5）

图2-1-3 脚背外侧颠球

图2-1-4 大腿颠球

图2-1-5 头颠球

(2) 易犯错误与纠正方法

1) 易犯错误

①脚击球时，踝关节松弛，造成用力不稳。

②击球时，脚尖向上或向下勾，造成球受力后触碰身体或离身体太远。

③颠球时，身体不够放松，动作僵硬。

④球触大腿后，不向正上方运行。

⑤头颠球仅靠颈部，腿部、躯干配合不协调。

2) 纠正方法

①脚踝关节要紧张，保证用均等力量击球。

②脚底保持与地面15°~20°夹角，使球与身体保持正常距离。

③大腿应与地面平行。

④头颠球时，身体其他部位要协调。

⑤颠球时，身体要放松。

为了掌握好这几种常用的颠球方法，可按下面程序进行练习。

(3) 练习方法

1) 原地一人一球颠球练习，手持球，轻轻将球坠落，当球落至膝关节以下时，用左（右）脚的脚背正面将球向上击起，当动作熟练后，可左、右脚交替练习。

2) 经过一段练习后，就可以将以上几种颠球方法轮流组合起来练习，以达到熟悉球性的目的。

3) 两人一球颠球练习：两人原地不限部位地做轮流颠球练习；再进行限定部位，限定触球次数的练习；最后做行进中的颠球练习。

4) 颠球游戏练习：多人围成一圈，先做不规定部位的颠球练习，再做限定部位与次数的颠球练习。若颠球失败，令其蹲在圆心处，待另一人颠球失败时再替换出来。（图2-1-6）

5）“网式足球”游戏：2~4人为一队，进行颠球比赛。颠球部位不限，每队击球次数规定5次以下，应将球颠到对方半场，否则为失分。按得分多少决出胜负。

图2-1-6　多人颠球游戏练习

2. 挑球技巧与训练

（1）动作要领：球员用脚背部位插入球底部，将球向上挑起。

（2）易犯错误与纠正方法

1）易犯错误

①挑球部位不正确，影响出球的角度与方向。

②挑球后重心跟进缓慢，影响下个动作的衔接。

2）纠正方法

①将脚尖插入球的相应部位，做勾挑动作。

②身体重心随挑球动作同步移动。

（3）练习方法：交替用右、左脚的前脚掌轻放在球的顶部，将球拉向身体；再用前脚掌伸向滚动球的底部，准时挑起。（图2-1-7）

图2-1-7
挑球练习

1）球员每人一球，进行挑球练习。

2）球员每人一球，先做后拉动作，接着将球挑起练习。

3. 拉球技巧与训练

（1）动作要领：将前脚掌放在球上部，另一脚作为支撑脚立于球后方，触球脚向后用力将球拉回。

（2）易犯错误与纠正方法

1）易犯错误

①脚掌触球部位不正确或压球太用力，造成控推球不灵活。

②髋关节转动不够，影响拉推球变向。

2）纠正方法

①应该用前脚掌等触压、拉动球的相应部位。

②通过髋关节转动，保证身体同步转动。

（3）练习方法

1）交替用右、左脚的前脚掌把球拖回来，再换用左、右脚的脚背正面将球往前推。练习中，双臂张开维持身体平衡，重心稍下降，身体稍前倾。先在原地进行练习，接着在活动中练习。（图2-1-8）

图2-1-8　拉球练习

2）交替用右、左脚的前脚掌，把球向支撑脚方向横拖，再用左、右脚背外侧停住球；换脚时拉球脚向侧前方跨一大步，用另一脚进行同样的练习。先原地进行练习，接着在活动中练习。

3）交替用右、左脚前脚掌轻推球的上部，使球向前方运行，然后再用右、左脚掌轻拉球顶部，使球向后运行，反复练习。

4）用右脚前脚掌轻拉球顶部，使球向身体方向滚动，再用右脚外侧把球推向左侧；接着换另一脚进行同样练习。

5）用右脚前脚掌把球向内横拉，再用左脚的脚背外侧将球向前或向侧前方推出；接着换另一脚进行同样练习。

4. 扣球技巧与训练

（1）动作要领：用脚背内侧或脚背外侧突然用力触球，达到转身或急停的目的。

（2）易犯错误与纠正方法

1）易犯错误

①扣球脚不能“包”住球，控制不好扣球方向。

②扣球脚的膝、踝关节扣压不紧，变为拨球动作。

2）纠正方法

①扣球时，脚应“包”住球。

②扣球脚的膝、踝关节反向扣压要快而紧，保证扣球效果。

（3）练习方法

1）支撑脚微屈，用另一脚的脚背内侧轻扣球的前中上部。在原地练习的基础上，结合脚背正面做慢速运球练习。（图2-1-9）

2）支撑脚微屈，身体重心稍降低，用另一脚的脚背外侧轻扣球的前上部，接着转身。在原地练习的基础上，结合脚背外侧做慢速运球中的扣球练习。（图2-1-10）

图2-1-9　扣球练习一

图2-1-10　扣球练习二

5. 拨球技巧与训练

（1）动作要领：用脚背内侧或脚背外侧触球，将球推向身体的侧方。

（2）易犯错误与纠正方法

1）易犯错误

①拨球部位不正确。

②拨球后身体未跟上。

2）纠正方法

①原地，用正确部位练习拨球。

②拨球力量不能太大，身体重心要跟上。

（3）练习方法

1）原地，用脚背内侧、脚背外侧连续做拨球练习；熟练后，在慢速运球中进行练习。（图2-1-11）

2）双脚轮流用脚背内侧或脚背外侧沿曲线做连续拨球练习。（图2-1-12）

图2-1-11　拨球练习一

图2-1-12　拨球练习二

3）先用右脚脚背内侧沿曲线连续击球，绕杆后，再用右脚脚背外侧沿曲线连续拨球。（图2-1-13）

图2-1-13　拨球练习三

（二）运球技巧与训练

比赛中当同伴接应不到位，或因战术配合时，往往需要运用运球技术。运球时，必须合理分配目光，做到既能看到球又能顾及到周围球员的情况，还能养成用远离对方球员的脚来运球的习惯。

运球技术就是用球员脚的合理部位连续推拨球，使球向前运动的技术动作。常用的运球方法有脚内侧运球、脚背正面运球、脚背外侧运球；球的运行路线有直线运球与曲线运球。

1. 脚内侧运球技巧与训练

（1）动作要领：脚内侧运球只适用于曲线运球。练习时，支撑脚落地踩稳，身体向运球方向倾斜；运球脚的脚内侧连续地推击球外侧中后部，让球向支撑脚斜前方运行，运球脚落地站稳，接着改用支撑脚的内侧推球，如此反复，使球成曲线运行。（图2-2-1）

图2-2-1　脚内侧运球

（2）易犯错误与纠正方法

1）易犯错误

①支撑脚选位不当，挡住来球，或影响运球脚做动作。

②运球脚的膝、踝关节僵硬，形成直腿推拨球。

2）纠正方法

①支撑脚的脚尖应与运球方向一致。

②运球脚屈膝提起，踝外转，推拨球后落地踏稳，交替进行。

（3）练习方法

1）设旗标若干，进行曲线运球练习。（图2-2-2）

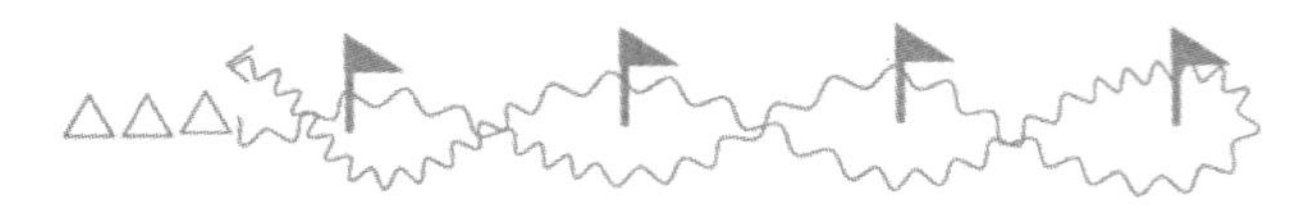

图2-2-2　曲线运球练习

2）以旗杆为标记，进行变向运球练习。（图2-2-3）

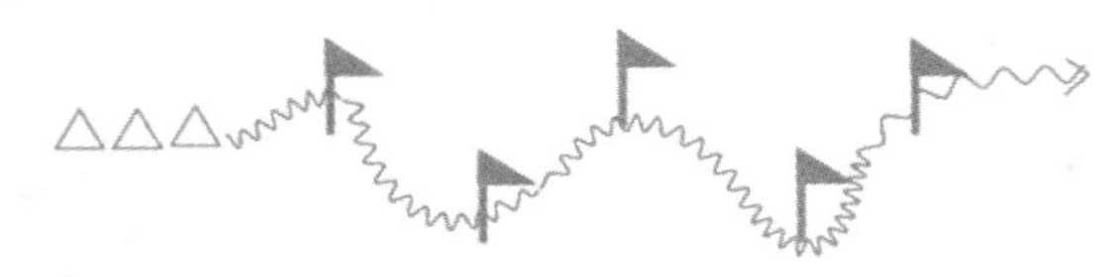

图2-2-3　变向运球练习

2. 脚背正面运球技巧与训练

（1）动作要领：脚背正面运球只适用于直线运球。练习时，身体向前倾斜，运球脚的脚尖下压，脚后跟提起，用脚背正面推击球的后中部，让球向前运行。当运球脚落地站稳时，支撑脚向前迈一步，接着再用运球脚的脚背正面推击球，如此反复，球就沿着直线运行。开始练习时，先练右脚再练左脚，当动作熟练掌握之后，可左右脚交替练习。（图2-2-4）

图2-2-4　脚背正面运球

（2）易犯错误与纠正方法

1）易犯错误

①运球脚推拨球部位不当，控制不住力量与方向。

②膝、踝关节僵硬，变成捅击动作，难以控球，支撑脚偏后，致使人球分离。

2）纠正方法

①运球脚的脚跟提起，脚尖下指，用脚背正面推拨球。

②运球脚适度紧张，控制好推拨球的力量和方向。

③支撑脚接近球，以利于有效控制球。

（3）练习方法

1）两人一球，距离10~20米练习直线运球。（图2-2-5）

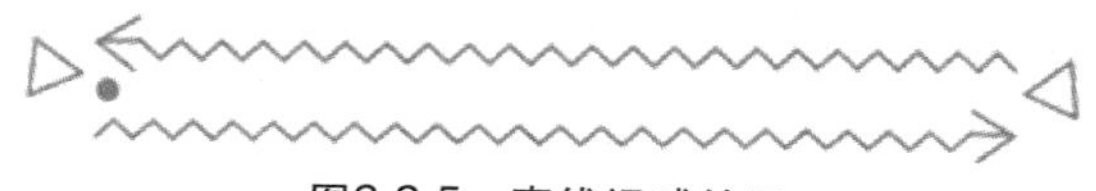

图2-2-5　直线运球练习

2）三人接力运球练习。（图2-2-6）

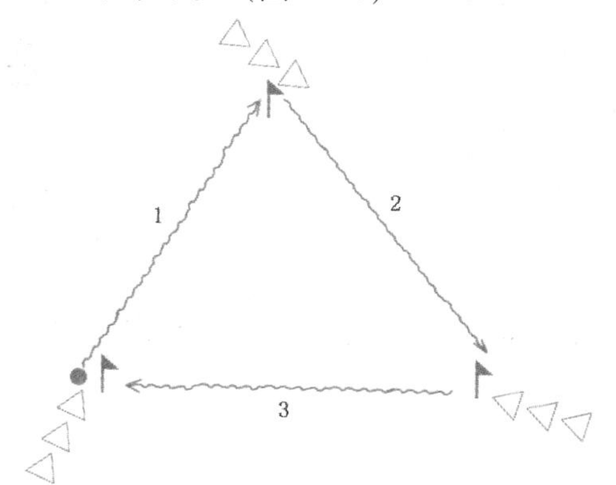

图2-2-6　三人接力运球练习

3）以旗标为标记，进行变速运球练习。（图2-2-7）

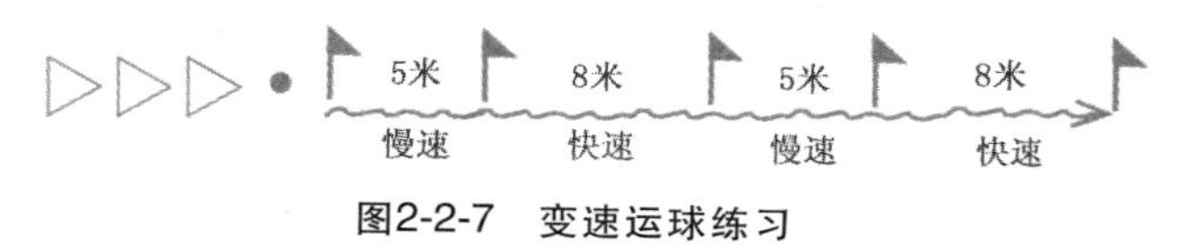

图2-2-7　变速运球练习

3. 脚背外侧运球技巧与训练

（1）动作要领

1）脚背外侧直线运球：支撑脚踏地，身体向运球方向倾斜，运球脚的脚尖内转，脚后跟提起，用脚背外侧轻推球的后中部，使球向前运行；当运球脚落地后，支撑脚向前跨一步，再用运球脚推球。（图2-2-8）

2）脚背外侧曲线运球：用脚背外侧推球的内侧偏后中部。若改变方向曲线运球时，运球脚向运球方向斜跨一大步，身体重心落在运球脚上，改用另一脚的脚背外侧推球的内侧偏后中部。（图2-2-9）

图2-2-8　脚背外侧直线运球

图2-2-9　脚背外侧曲线运球

（2）易犯错误与纠正方法

1）易犯错误

①低头看球，不观察场上情况。

②触球力量过大，使球难以控制。

③在曲线运球时，身体重心转换不好。

2）纠正方法

①教练用手势指挥，训练运球者抬头观察。

②反复练习运球脚屈膝推拨球动作。

③运球中身体稍前倾，重心略下沉。

④曲线运球改变方向时，运球脚应跨大步。

3）练习方法：参照脚内侧曲线、脚背正面直线运球方法练习。

4. 运球过人技巧与训练

运球过人是在运球的基础上运用快速、灵活、多变动作，突然变速或变换运球方向，诱使对方失去重心，带球越过防守者的技术。在组织进攻上，尤其在对方罚球区内破密集防守具有重大意义。

一般来讲，运球过人由三个环节组成，即运球逼近对手，根据场上情况做各种假动作诱使对方失去重心而越过对手，运球继续前进为下一动作的连续做准备。

（1）动作要领

1）利用速度强行突破过人：持球者快速运球逼近对手，与对手间隔2米左右距离时，降低速度；当对方犹豫时，再突然加速运球甩掉对手。（图2-2-10）

图2-2-10　利用速度强行突破过人

2）利用运球变速过人：当对手出现在持球者侧面时，持球者用远离对手的另一侧脚运球，同时利用运球速度的变化，达到甩掉对手的目的。

3）利用身体假动作过人：快速运球，主动逼近对手，在离对手1.5~2米时，上体做向左（右）虚晃动作，同时以右（左）脚内侧向左（右）做运球的假动作，诱使防守者身体重心侧移堵抢。这时，进攻球员突然改用右（左）外脚背快速向右前方运球越过对手。（图2-2-11）

图2-2-11　利用运球变速过人

图2-2-12　穿裆过人

4）穿裆过人：运球者遇到对手正面阻拦时，发现对手两脚开立，空当较大，运球者侧身运球接近对手，用身体做动作，造成对方误以为要从身体侧面越过。这时，运球球员抓住时机，将球从对手两腿之间推拨过，身体随即越过防守者侧面，继续运球前进。（图2-2-12）

5）人球分过：运球员向防守球员逼近，在防守球员前扑、伸脚抢截之前，运球员用右脚的脚内侧将球从对方左侧传出，然后快速从其左侧绕过，重新运球前进。（图2-2-13）

6）假踢真过：运球员用右脚做出向右前方踢球的假动作，防守者为阻截球会向假踢方向伸出脚，此时运球员迅速改变踢球动作，用右脚内侧运球，从防守球员右侧越过。（图2-2-14）

图2-2-13　人球分过

图2-2-14　假踢真过

7）马修斯过人：这是以英格兰著名前锋马修斯名字命名的假动作过人。用右脚内侧把球向左侧推拨，身体也要向左侧倾斜，并做出佯攻的假象。当对手失去重心时，右脚迅速移至球的左侧后方，用右脚外侧把球推向右侧，并快速越过对手。（图2-2-15）

8）马拉多纳过人：这是阿根廷球星马拉多纳常用的运球过人突破技术。当球滚来时，先用左脚踩住球，然后左脚离球并向

图2-2-15　马修斯过人

外侧跨出一步，使身体绕球转身，同时再用右脚把球拉向身后，再次转身带球越过对手。（图2-2-16）

图2-2-16　马拉多纳过人

（2）易犯错误与纠正方法

1）易犯错误

①身体僵硬，影响动作的协调性，造成触球力量不足。

②运球技术不合理，造成脚尖捅球。

③运球步幅过大，重心太高，不能随意控球。

④运球触球部位不合理，使球不能按运球者意图运行。

⑤运球过人时，真、假动作衔接不好。

2）纠正方法

①运球过人，动作要简练、实效。

②运球过人，距离掌握在1.5~2米左右。

③真、假动作衔接要快。

(3) 练习方法

1) 左（右）跨，右（左）拨球过人练习：直线运球中，左腿从球的上方跨过，落地后变支撑脚，再用右脚的脚背外侧向右侧前方拨球过人。

2) 右（左）晃，左（右）拨球过人练习：运球时，上身向右（左）晃动，同时用左（右）脚的脚背外侧向左（右）侧前方拨球过人。

3) 一对一攻守练习：一人运球，一人防守，防守球员可先消极防守，再逐步过渡到积极防守，两人可交换攻守练习。

4) 轮换攻守练习：△2与△3轮流为攻方过人球员，△2若成功突破②的防守，则将球传给△3，△3持球也进行个人突破练习，②仍为防守球员，三人轮换攻守练习。（图2-2-17）

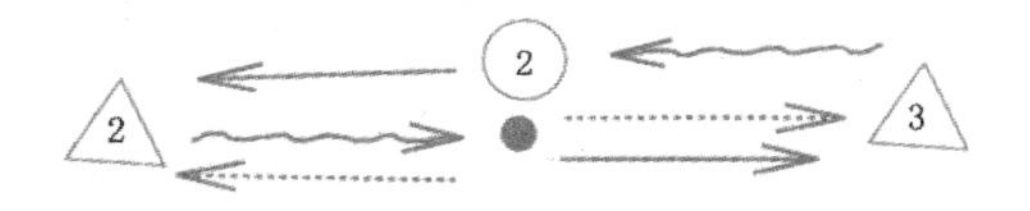

图2-2-17 轮换攻守练习

5) 过人突破比赛：将球员分成两组，由教练传球，每组每人做一次进攻、一次防守，计算各组的成功次数与射门的进球数，分出胜负。（图2-2-18）

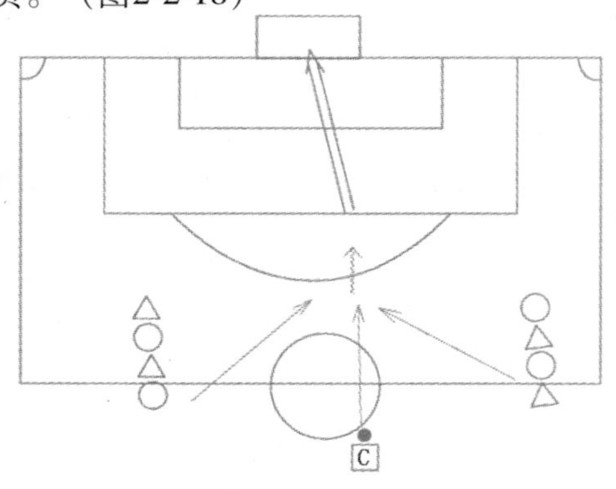

图2-2-18 过人突破比赛

（三）踢球技巧与训练

踢球是指球员有目的地将球击向预定的目标，踢球是足球技术中最重要的技术，主要用于传球和射门。

踢球方法很多，动作要领也有所不同。但是每一种踢法都是由助跑、支撑脚站位、踢球腿摆动、脚触球和随前动作五个环节组成。

助跑：助跑作用，一是使球员在踢球前获得一定的前移动量，通过动量传递，增加摆腿击球的力量与速度；二是调整人、球、目标之间的对应关系。助跑最后一步要大，这为增大踢球腿的摆幅，加快摆速，制动身体前冲和提高击球的准确性创造了有利条件。助跑分为直线助跑与斜线助跑。（图2-3-1）

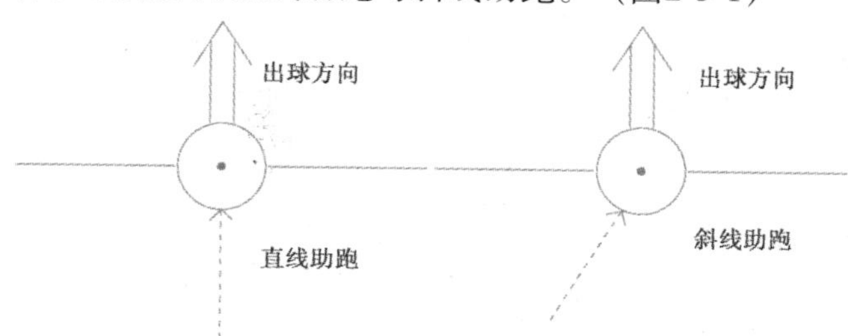

图2-3-1　直线助跑与斜线助跑

支撑脚站位：支撑脚的位置一般由所采用的踢球方法来决定。凡采用的踢法需踩在球的侧方，一般距球10~15厘米；凡采用的踢法需踩在球的侧后方，一般距离20~25厘米。踢活动球时，因支撑脚落地时球仍在运行中，所以支撑脚落地的位置要稍靠前。同时，支撑脚应积极踏地以制动身体的前冲力量，使得人与球保持合适的距离；膝关节微屈以维持身体的平衡和达到充分摆

腿的作用。由此可见，支撑脚实际上起着固定支点的作用。（图2-3-2）

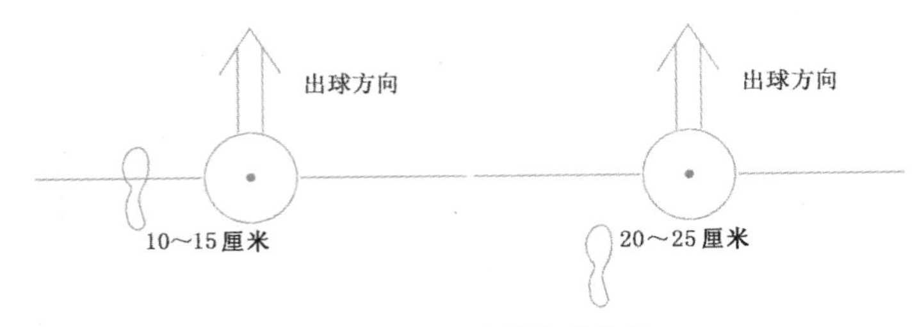

图2-3-2　支撑脚的站位

踢球腿的摆动：击球力量大小，主要取决于踢球腿的摆动。摆幅大、摆速快，击球的力量就大，球速也就快。踢球腿摆动是在支撑脚跨最后一步时顺势后摆，在支撑脚着地的同时以髋关节为轴，大腿带动小脚由后向前快速前摆，当膝关节接近球的垂直上方刹那，小腿加速前摆击球。（图2-3-3）

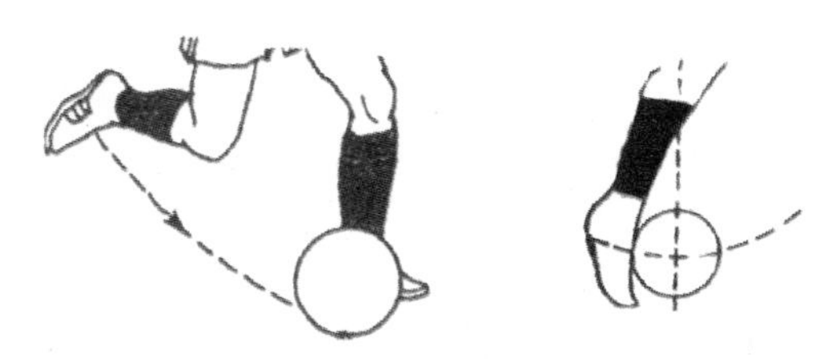

图2-3-3　踢球腿的摆动

脚触球：脚触球包括踢球脚的部位和击球的部位。一般来讲，用脚的某一部位击球的后中部，作用力通过球心，出球平直。当踢各种活动球时，应准确判断来球的速度、方向，并根据出球目标，来合理选择踢球脚及球的部位。在高水平比赛中，球员常采用弧线球踢法。这种踢法主要运用脚背内侧或脚背外侧击球的侧下部，作用力不通过球心，使球产生旋转并沿着弧线运行。（图2-3-4）

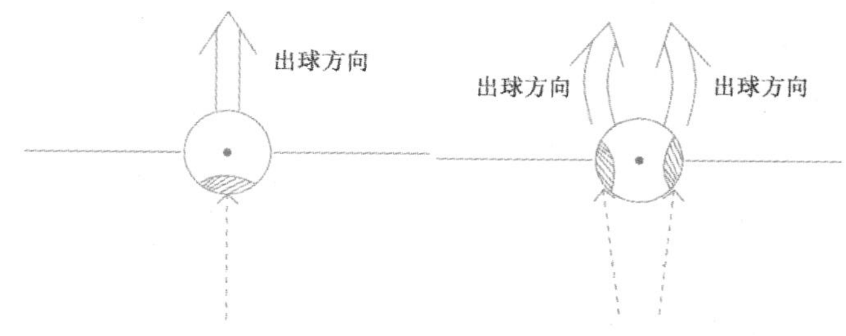

图2-3-4　脚触球

随前动作：随前动作既有利于控制出球方向和加大踢球力量，又有利于平衡身体，同时还便于与下一个动作衔接。（图2-3-5）

图2-3-5　随前动作

踢球动作按脚触球部位可分为脚内侧踢球、脚背正面踢球、脚背内侧踢球、脚背外侧踢球、脚尖踢球和脚后跟踢球六种方法。（图2-3-6）

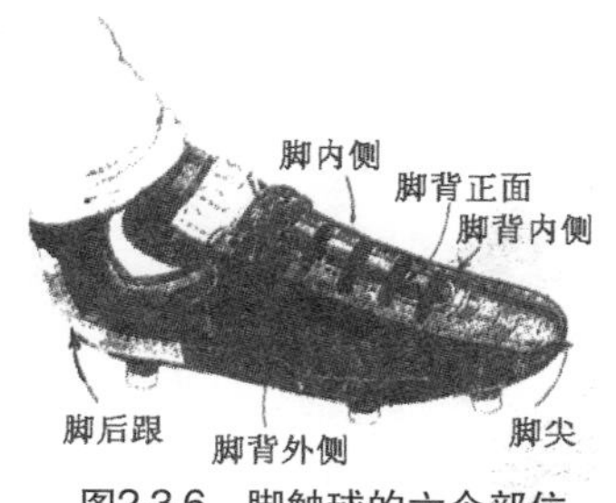

图2-3-6　脚触球的六个部位

1. 脚内侧踢球技巧与训练

用脚内侧踢球，由于脚与球接触面积大，所以出球准确平稳，常用于短传和射门。

脚内侧踢球按球的状态分为脚内侧踢地面球、空中球、反弹

球等。

（1）动作要领

1）脚内侧踢地面球（图2-3-7）

①踢球时，助跑与出球方向一致。

②支撑脚踩在球的内侧约15厘米处，脚尖对准出球方向。

③踢球脚的膝外转，踝部紧张，脚尖稍翘，击球的后中部。

④踢球后，身体随出球的方向移动。

⑤脚内侧踢地面球时，应根据来球速度、方向，选好支撑脚的位置与摆腿击球的时机，其他技术环节与踢定位球一样。

2）脚内侧踢空中球（图2-3-8）

①判断好来球速度及运行路线，身体要正对来球。

②踢球脚屈膝外转，小腿屈曲、后摆。

③大腿带动小腿由后向前摆动，击球的后中部。

④踢球后，身体随出球方向前移。

3）脚内侧踢反弹球（图2-3-9）

①根据来球落点与弧度，及时移动到位。

②支撑脚的站位与球的落点，应保持在踢定位球时支撑脚与球的相同位置上。

图2-3-7 脚内侧踢地面球　图2-3-8 脚内侧踢空中球　图2-3-9 脚内侧踢反弹球

③踢球脚摆动与踢地面球时相同，当球刚弹离地面的瞬间，用脚内侧击球的后中部。

④踢球后，身体随出球方向移动。

（2）易犯错误与纠正方法

1）易犯错误

①支撑脚选位不当，影响击球效果。

②踢球脚未成直线摆动，膝、踝关节外展不够，脚尖未翘起，造成击球无力。

③击球时，踝关节未固定，出球方向不稳。

2）纠正方法

①要根据来球的情况，选好支撑脚的位置。

②膝、踝关节要充分外展，使脚内侧部位能正确击在球的后中部。

③踢球脚要直线摆动，踝关节应紧张。

（3）练习方法

1）无球模仿性练习：球员可先进行分解动作练习，再做完整动作练习。

2）踢地滚球练习：距离“足球墙”5米处，球员每人一球进行练习。

3）手风琴式踢球练习：两名球员相距15米站立，一名球员朝同伴前方传球，该球员迎上前2米用脚内侧回传，接着退回原处；与此同时，原传球球员也按同一要求进行练习。

4）扇形踢球练习：一名球员从左右方向将球传给8米处的另一名球员，该球员在跑动中用左、右脚内侧将球踢回。

5）跑动中传球练习：两名球员相距10米向前慢跑，直接接球后将球传给同伴。

2. 脚背正面踢球技巧与训练

脚背正面踢球可以充分利用大腿的摆幅与小腿的摆速，踢球力量很大，准确性高。但在实际运用中，脚背正面必须接触到球的中心点、脚尖要下指、脚背绷直，所以必须反复练习才能掌握。脚背正面常用来踢地面球、空中球与反弹球。

（1）动作要领

1）脚背正面踢地面球：踢球时助跑最后一步要大，支撑脚的位置与球平行，离球10~15厘米左右，踢球脚尽量后摆，击在球后中部。踝关节应紧张，脚尖指向地面，击球后身体随势向前。（图2-3-10）

2）脚背正面踢空中球：面对来球，反应要迅速，做好准备动作。踢球脚的击球作用力应通过球的垂直中线，击于球的中底部，踝关节伸直绷紧。击球时间早，常传出高球，击球时间晚，常传出低平球。（图2-3-11）

3）脚背正面踢反弹球：根据来球速度、运行轨迹、落点，支撑脚要踏在球落点的侧面。当球落地时，踢球脚爆发性前摆，击球时间越早越好。当球刚弹离地面时，用脚背正面击球中部，注意送髋，控制小腿的上摆，这样踢出的球就不会高。（图2-3-12）

图2-3-10　脚背正面踢地面球

图2-3-11　脚背正面踢空中球

图2-3-12　脚背正面踢反弹球

（2）易犯错误与纠正方法

1）易犯错误

①支撑脚选位不当，影响摆腿发力。

②踢球脚摆腿未成直线，出球方向不正。

③击球瞬间，踝关节松弛，趾尖上挑，影响出球力量和方向。

2）纠正方法

①根据来球的情况和出球方向，选好支撑脚的位置。

②前摆击球时，膝关节前送，以保证作用力的目标方向。

③击球时，脚背要绷紧，脚跟要提起，脚尖应下指。

（3）练习方法

1）做无球摆腿练习。

2）原地做踢地面球、反弹球、凌空球的练习。

3）两人一球，做踢球练习。

4）脚背正面直线运球后，做射低球的练习；在球门立柱离地面1米处拉一条绳，要求射在线下为进球。

5）教练抛高球，球员用脚背正面做凌空射门练习。

3. 脚背内侧踢球技巧和训练

脚背内侧是指用第一、第二楔骨与跖骨末端的部位来踢球的一种方法。由于人体结构的特点，它能踢出直线球，也能踢出弧线球。除助跑方向与支撑脚选位上与脚背正面踢球不同外，其他技术环节与脚背正面踢球相一致。脚背内侧常用来踢地面球、空中球与反弹球。

（1）动作要领

1）脚背内侧踢地面球：斜线助跑，与出球方向成30°~40°夹角，最后一步跨大，踏在离球侧后20~25厘米处，脚尖指向出球方向，膝关节微屈；踢球脚脚尖外转，以髋关节为轴心，大腿带

动小腿由后向前摆动，当摆至身体垂直位时，小腿做爆发性前摆，击在球的后中部，身体继续随球向前移动。（图2-3-13）

2）脚背内侧踢空中球：用脚背内侧踢空中球，容易控制球的弧度与落点，其基本动作要领与踢低球相同。为了能踢好高球，在三个方面要注意：击球点必须在球的中部、身体向支撑脚倾斜、大腿带动小腿向上摆击。（图2-3-14）

图2-3-13　脚背内侧踢地面球　　图2-3-14　脚背内侧踢空中球

3）脚背内侧踢反弹球：根据球的弧度与落点及时移动到位，在球反弹离地的瞬间，用脚背内侧击球中部。这种方法多用于踢侧方或侧前方的空中落球。（图2-3-15）

4）脚背内侧踢弧线球：利用脚背内侧踢出弧线球，通常称为“香蕉球”。踢球时，助跑为斜线，与出线方向成30°夹角，在球后一侧，踢球脚的内侧前部从球的外侧用力擦过，使球向前飞出。若用右脚踢球，踢球脚应自右向左摆动。（图2-3-16）

图2-3-15　脚背内侧踢反弹球

图2-3-16　脚背内侧踢弧线球

(2) 易犯错误与纠正方法

1) 易犯错误

①支撑脚选位不当，脚尖未对准出球方向，影响摆踢动作的完成。

②击球时，膝未前送，导致球内旋。

③踢球脚后摆不够，影响击球时发力。

2) 纠正方法

①助跑最后一步时，支撑脚的脚尖应对准出球方向。

②踢球前摆时，膝关节应向出球方向顶送。

③后摆动作要自然放松，前摆时发力要加速。

(3) 练习方法

1) 原地距“足球墙”20米处，做传高球练习。

2) 两人一球，距离10米，做“Z”形传球练习。

3) 两人一球，做绕杆传弧线球练习。

4) 接教练底线球，做传中球射门练习。(图2-3-17)

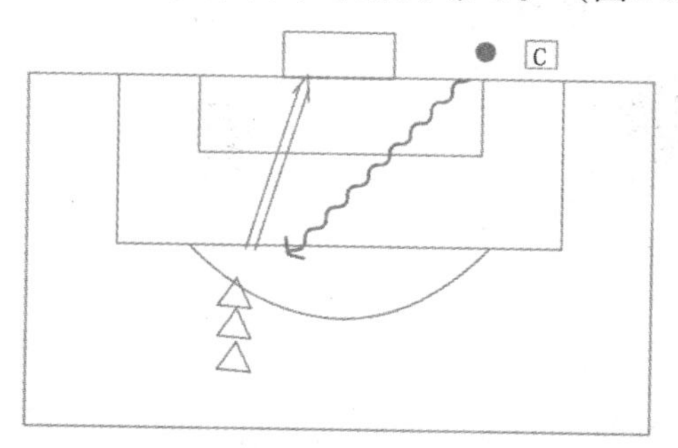

图2-3-17　传中球射门练习

4. 脚背外侧踢球技巧与训练

脚背外侧是指用第三楔骨与第三、四、五跖骨击球的一种踢球方法。助跑线路较随意，支撑脚踏在球的侧后方20~25厘米，

击球脚的脚尖内转，脚后跟提起，踝关节紧张，击在球的相应部位。

由于这种踢法的脚腕灵活性大、隐蔽性强，在高水平的比赛中经常使用。它既可踢出直线球，又可踢出弧线球，实战性很强。脚背外侧常用来踢地面球、空中球与反弹球。

（1）动作要领

1）脚背外侧踢地面球：助跑既可直线也可斜线，支撑脚的选位及踢球脚的摆动与脚背正面踢球相同。为了使脚背外侧正确触球，膝关节和脚尖要内转，脚背绷紧，脚趾紧屈并提膝，击在球后中部，身体随踢球方向移动。（图2-3-18）

2）脚背外侧踢空中球：判断好来球弧度，屈膝提腿，用脚背外侧敲击球的后中部。如果敲击球的内侧中间部位，踢出的球将与来球方向呈一定夹角运行。在短传配合中，运用这种踢法极为隐蔽。（图2-3-19）

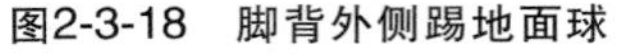

图2-3-18　脚背外侧踢地面球

图2-3-19　脚背外侧踢空中球

3）脚背外侧踢反弹球：根据来球的弧度与落点，选好支撑脚的位置，踢球脚以膝关节为轴，大腿带动小腿做爆发式前摆或侧摆；以达到踢出不同方向球的目的。（图2-3-20）

4）脚背外侧踢弧线球：脚背外侧踢弧线球技术与脚背内侧踢弧线球相似，不同之处在于，击球是用脚背外侧击球中心的内侧。助跑方向为直线，支撑脚位于球的侧后方，脚尖与助跑方向

一致，踢球脚自右向左呈弧线摆动，击球的内侧中部，即可踢出弧线球。（图2-3-21）

图2-3-20 脚背外侧踢反弹球

图2-3-21 脚背外侧踢弧线球

（2）易犯错误与纠正方法

1）易犯错误

①支撑脚选位不当，影响摆腿时发力。

②摆腿时，髋关节内转或直腿击球，影响击球力量。

③击球时，膝、踝内旋不够，脚型不稳，影响出球的准确性。

2）纠正方法

①根据来球方向及状态，选准支撑脚位置，保证摆腿的发力。

②摆腿时，要依靠膝、踝关节内旋，保证脚外侧部击球。

③击球瞬间，脚型要保持相对稳定。

（3）练习方法

1）一球员踩球，另一球员用脚背外侧做踢球练习。

2）两球员一球，做交叉传球练习。（图2-3-22）

3）两球员传弧线球，做绕标志杆练习。

4）做脚背外侧射门练习。

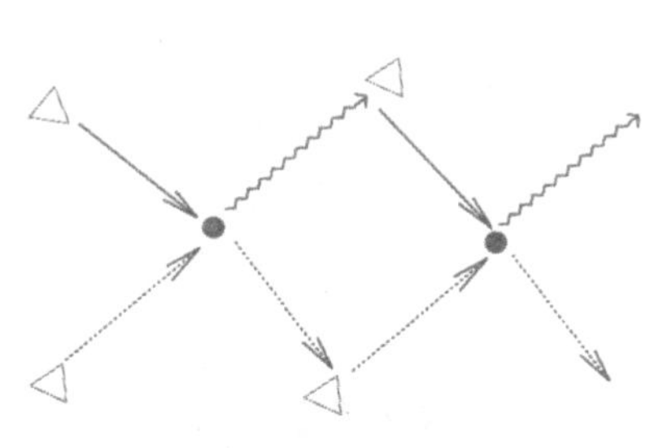

图2-3-22 两球员做交叉传球练习

5. 脚尖踢球技巧与训练

这是一种用脚尖部位击球的方法，由于脚尖踢球动作小，出球迅速，在雨天或泥泞场地使用，常能收到出其不意的效果。由于这种踢法可以发挥踢球脚的最大长度，往往用来踢离身体较远的球，所以又称为脚尖捅球。

（1）动作要领

1）脚尖踢地面球：踢球时，支撑脚跳跃上步，踢球脚先屈膝后前跨，髋关节前送，小腿直伸，双臂摆动协助身体向前跃出。在踢球脚落地前，用脚尖击球的后中部。（图2-3-23）

2）脚尖踢空中球：其动作要领与踢地面球一样，但脚尖应击在球的底部。（图2-3-24）

图2-3-23　脚尖踢地面球

图2-3-24　脚尖踢空中球

（2）易犯错误与纠正方法

1）易犯错误

①支撑脚离球过远，未能击到球。

②小腿摆速慢，影响击球的瞬间爆发力。

2）纠正方法

①击球时，身体要尽量前移。

②注意小腿触球前，要加速前摆。

（3）练习方法

1）原地做脚尖踢球练习。

2）其余可选择前面四种脚法做踢球练习。

6. 脚后跟踢球技巧与训练

脚后跟踢球是指用跟骨部位接触球的一种踢球方法。这种踢球方式力量较小，但由于其出球方向向后，非常隐蔽与突然。

（1）动作要领：当球在支撑脚内侧时，踢球脚后摆用脚跟踢球；而当球在支撑脚外侧时，踢球脚应交叉到支撑脚前面用脚后跟踢球。（图2-3-25）

（2）易犯错误与纠正方法

1）易犯错误

①击球部位不当，造成出球方向不准。

②摆腿幅度慢，影响出球力量。

2）纠正方法

①原地用跟后跟击球。

②进行摆腿练习。

图2-3-25　脚后跟踢球

（3）练习方法

1）原地进行脚后跟踢球练习。

2）两球员一球，背向用脚后跟做传球练习。

3）做脚后跟射门练习。

（四）接球技巧与训练

接球技术是指球员用身体的合理部位，将运行中的球接控在所需要的位置上。良好的接球能力能为实施下一个战术行动提供必要的保证。一个队只有接好球才能发动与组织有效的进攻与防守。

接球方法有脚内侧接球、脚背正面接球、脚背外侧接球、脚底接球、大腿接球和胸部接球等六种。

无论应用何种接球方法，其动作结构均由以下四个环节组成。

观察与移动：事先应注意观察来球情况，判断球的路线、旋转、速度与落点，及时移到最佳接球位置。

选好接球方法与部位：根据来球性质及下一个动作的需要，选择合理的接球部位与方法。

改变球的力量：按来球力量的大小和接球需要，采用推压或缓冲方法。

随球移动：接球动作完成后，立即随球移动。

1. 脚内侧接球技巧与训练

(1) 动作要领

1) 脚内侧接地面球：选好支撑脚，脚尖正对来球，膝关节微屈；接球脚提起，膝关节外转，脚内侧正对来球，当脚与球接触的瞬间，迅速后撤将球接到所需位置上。(图2-4-1)

2) 脚内侧接反弹球：根据来球情况，选好接球脚，并让接球脚与地面形成一定夹角，当球落地时，向下做压推动作，身体随之向接球方向移动。(图2-4-2)

图2-4-1　脚内侧接地面球

图2-4-2　脚内侧接反弹球

3）脚内侧接空中球：判断好来球弧度与速度，接球脚屈膝提起，用脚内侧前迎，触球的瞬间后撤或切挡，将球接到所需位置上。（图2-4-3）

图2-4-3　脚内侧接空中球

（2）易犯错误与纠正方法

1）易犯错误

①接球脚的膝、踝关节外展不够，接球不稳。

②接球时，撤迎时机与速度不当，缓冲效果差。

③切挡或压推接球后，重心跟进慢，动作脱节。

2）纠正方法

①接球脚的膝、踝关节要充分外展，使脚内侧部位正对来球。

②迎撤时机与速度要与来球的速度相一致。

③控制好接球动作、力量与角度，使身体重心及时跟上。

（3）练习方法

1）对着“足球墙”，做传球后接地滚球练习。

2）球员每人一球，做自抛自接反弹球练习。

3）两球员一球，做互抛互接空中球练习。

4）三球员接球练习：△2 传球给 △3，△3 迎球并将球运几步后传给 △4，△2 传球后跑到 △3 处，△3 传球后跑到 △4 处，△4 接 △3 的传球后，运几步传给 △2，按此顺序反复练习。（图2-4-4）

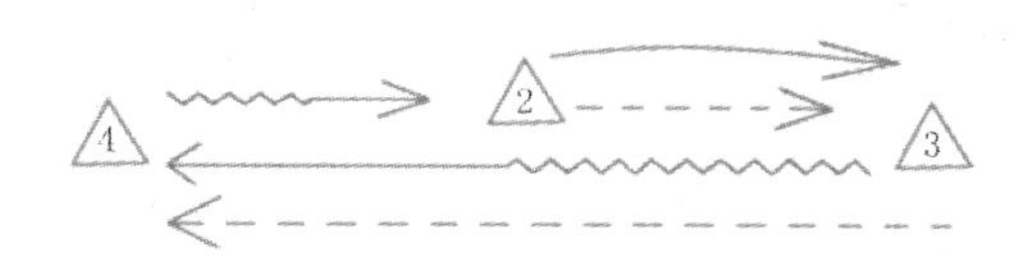

图2-4-4　三球员接球练习

2. 脚背正面接球技巧与训练

（1）动作要领：这种接球方法多用于接空中呈抛物线的来球。接球前，根据球的方向、落点移位；接球时，身体正对来球；当球下落时，用脚背正面迎球下撤，在脚下撤时，速度要慢于来球速度；膝关节、踝关节均保持适度紧张，将球接到所需的位置上。（图2-4-5）

图2-4-5　脚背正面接球

（2）易犯错误与纠正方法

1）易犯错误

①触球时，踝关节未适度紧张或过于紧张，使球停离在身体过远的地方。

②球触脚背的部位不正，起不到缓冲作用。

③接球瞬间，脚下撤太慢，使球未能随脚下撤。

2）纠正方法

①接球脚的膝、踝关节应适度紧张，以保证对球的有效控制。

②要保证脚背正面触球。

③撤引时机与速度应与来球速度相对应。

（3）练习方法

1）球员做自抛自接练习。

2）球员自己将球踢高后做接球练习。

3）两球员互抛互接练习，距离可由近到远。

3. 脚背外侧接球技巧与训练

（1）动作要领：脚背外侧接球在比赛中，实战性很强，当对方紧逼时，可根据需要用脚背外侧接球后变向。接球时，脚应内转，用第三楔骨与第三、第四、第五跖骨末端部位推球的内侧中部，身体重心随之向接球方向移动。

1）脚背外侧接地面球：支撑脚的膝关节微屈，接球脚屈膝，脚内转，使小腿及脚背外侧面与地面成一定夹角，脚离地面10厘米左右的高度，大腿向接球后球运行的方向推送，接着身体跟上。（图2-4-6）

当较熟练地掌握以上接球技巧后，可根据需要，加上转身，形成一气呵成的动作。判断好来球，支撑脚踩在接球点的侧后方，以脚背外侧部位推球的内侧中部，接球脚的脚尖内转，身体重心落在支撑脚的前脚掌上，身体顺势转身，将球控制在脚下。

2）脚背外侧接空中球：注视来球，接球时支撑脚踩稳，接球脚向前上方提起，用脚外侧对准来球。在脚踝用力触球的瞬间，顺势下撤，将球停在所需要的位置上。（图2-4-7）

图2-4-6　脚背外侧接地面球

图2-4-7　脚背外侧接空中球

3）脚背外侧接反弹球：主动迎球，准确判断。接球时，支撑脚微屈，立于落球点的侧后方；接球脚屈膝，小腿斜靠支撑脚；触球瞬间，以脚背外侧推压球的内侧上部，将球接在所需要的位置上。（图2-4-8）

图2-4-8　脚背外侧接反弹球

(2）易犯错误与纠正方法

1）易犯错误

①支撑脚选位不当，影响接球脚完成动作。

②对落点判断不好，推压时机不当，造成接球不稳。

③膝、踝关节僵硬不灵，接球力量失控。

④接反弹球时，小腿与地面夹角不合理，接球后“卡死”。

2）纠正方法

①调整好支撑脚与球落点间的距离。

②要准确判断落点，在球触地的瞬间做推压动作。

③接球前，膝、踝关节要内收、内翻，并做适度推压动作。

④接球时，应选好小腿与地面的适宜夹角。

(3）练习方法

1）利用“足球墙”，做接球练习，球员每人一球，向“足球墙”传低球后，进行接地面球练习。

2）两球员做互抛互接反弹球练习。

3）三球员做互传互接球练习：△2传球给△3，△3接球并运球到△2处，△4跑到△3处，△2传球后跑到△4处，△3转身传球给△4，如此反复练习。（图2-4-9）

图2-4-9　三球员互传互接球练习

4. 脚底接球技巧与训练

（1）动作要领：脚底接球是指用脚的前脚掌压球，并将球停住的接球方法。这种接球法由于接触球的面积大，容易把球停住。在实战中，常用它来接地滚球和反弹球。

1）脚底接地滚球：判断好来球的运行路线，选择好接球位置，及时移动到位。支撑脚踏在球的侧后方，膝关节微屈，脚尖对准来球；接球脚稍提起，脚跟离开地面但稍低于球；用前脚掌挡压来球的中上部，并根据下个动作的需要，用脚前掌推、拉球，使球改变方向，停在所需的位置上。（图2-4-10）

2）脚底接反弹球：判断好球的落点，接球时支撑脚微屈，立于接球点的侧后方；接球脚屈膝稍抬起，脚尖勾起，使脚掌与地面形成一定夹角；当球刚落地反弹时，脚掌轻轻推压，将球接到所需位置上。（图2-4-11）

图2-4-10　脚底接地滚球

图2-4-11　脚底接反弹球

（2）易犯错误与纠正方法

1）易犯错误

①判断球的落点不准。

②脚抬过高，形成脚掌接球。

③接球脚过于紧张，力量过大，使球停离身体过远。

2）纠正方法

①抬脚时，脚面要前高后低，脚后跟离地高度不超过来球。

②支撑脚选位要得当，不能太前或太后。

③球落地的瞬间正是踏压球的最好时机。

(3) 练习方法

1）每人一球，对着“足球墙”，传球后用脚底接地滚球。

2）两球员一球，互抛高球，用脚底接地滚球和反弹球。

5. 大腿接球技巧与训练

(1) 动作要领：接球时，抬腿屈膝迎球，用大腿中间的部位触球，并顺势下撤，使球落在身体前面，由于大腿肌肉多，接球时有较好的缓冲作用，容易接好球。

1）大腿接空中球：当球从较高的角度落下时，根据自己的位置和球的高度，抬腿屈膝，在触球瞬间顺势下撤，将球停在脚下。（图2-4-12）

2）大腿接低平球：当弧度不大的球从前面飞来时，屈膝，双臂张开，保持身体平衡，触球瞬间前迎后撤，把球停在脚下。（图2-4-13）

(2) 易犯错误与纠正方法

1）易犯错误

图2-4-12　大腿接空中球

图2-4-13　大腿接低平球

①接球时“迎”与“撤”的时机与速度不当，缓冲效果差。

②接球部位靠前或偏后，接球效果不好。

③判断失误，出现漏球现象。

2）纠正方法

①接球脚要按来球速度与弧度做相应的调整。

②接球脚的中部是最好的接球部位。

(3）练习方法

1）每人一球，做自抛自接球练习。

2）两球员一球，做互传高球互接球练习。

6. 胸部接球技巧与训练

(1）动作要领：胸部接球由于触球面积大，这个部位又位于身体较高位置，对于接空中球有较大优势。根据来球力量与弧度可分为挺胸式接球与收胸式接球。

1）挺胸式接球：常用于力量较小，弧度较大的来球。眼睛注视来球，先判断好球的落点，双腿开立，双臂自然张开；挺胸迎球，触球的下中部，使球缓和弹落在身体前面。（图2-4-14）

2）收胸式接球：常用于力量较大，弧度较小的来球。接球时，双脚开立，双臂自然张开，注视来球；当球触及胸大肌部位时，憋气收胸，让球速得到缓冲，使球落在身体前面。（图2-4-15）

图2-4-14　挺胸式接球

图2-4-15　收胸式接球

(2) 易犯错误与纠正方法

1）易犯错误

①判断来球路线不准，球触胸部位置不正确。

②收胸接球时，收胸、收腹过晚，使球停离身体过远。

③挺胸接球时，未收下颌抬头，球未能向上弹起。

2）纠正方法

①胸部应正对来球，以保证用合适的部位接球。

②收胸、挺胸动作应与来球速度相适应。

(3) 练习方法

1）每人一球，自抛进行挺胸式接球练习。

2）两球员一球，互抛进行收胸式接球练习。

3）教练传球后，球员用胸部接球再射门。（图2-4-16）

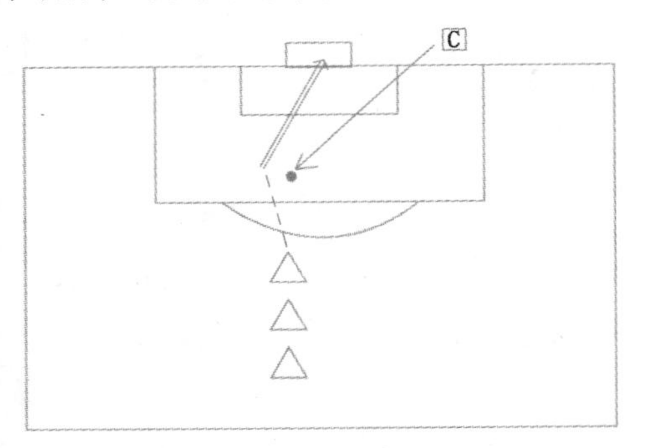

图2-4-16　用胸部接球再射门

（五）头顶球技巧与训练

头顶球具有足球第三支脚之称，掌握头顶球就有了空中优势，并给人以立体空战的感觉。由于头是人体最灵活、最高部位，头的前面额骨既宽又平、又坚硬，因此是处理空中球最理想的部位。头顶球主要用来传球与射门，也可用于防守中的抢断球。

头顶球技术动作是由判断选位、身体摆动、头击球与击球后身体动作这四个环节组成。

判断选位：正确判断来球的速度、运行路线，选好击球点，并及时到达顶球位置，掌握好起跳时机。

身体摆动：先利用下肢蹬地的力量，起跳腾空成背弓后，收腹、收胸，加速前摆。为了准确将球击向预定目标，必须在身体摆动时，就考虑到来球的方向与顶击球方向的关系，使身体的摆动达到最佳效果。

头击球：这个环节决定击球的准确性，当头部摆到垂直部位时发力击球，还应根据来球路线、方向和目标，选定相应的部位击球。击球时，颈部应紧张用力，短促发力。

击球后身体动作：完成顶球动作后，既要注意落地缓冲与保护，又要控制好身体姿势，调整重心，以便衔接好下一个动作。

头顶球包括前额正面头顶球、前额侧面头顶球和鱼跃头顶球。

1. 前额正面头顶球技巧与训练

前额正面头顶球是用额骨正面部位击球。（图2-5-1）

（1）动作要领

1）前额正面原地头顶球：身体正对来球，收下颌，双脚左右或前后开立，双臂自然张开，注视来球。身体后仰，当球运行到身体前方2米左右，两腿用力蹬地，身体快速前摆，用前额正面击球中部，上体也随出球方向前摆。（图2-5-2）

图2-5-1　前额正面击球部位

2）前额正面原地跳起头顶球：一般是双脚起跳。起跳时，两膝屈曲、重心下降，两脚用力蹬地起跳，屈肘上提，在跳起至最

高点时展腹收胸，两臂自然张开，注视来球，颈部紧张，收腹，身体前提，用前额正面顶球，随后两腿屈膝、屈踝落地。（图2-5-3）

图2-5-2 前额正面原地头顶球

图2-5-3 前额正面原地跳起头顶球

3）前额正面跑动头顶球：其主要技术环节与原地跳起头顶球相同，跑动中多用单脚起跳，起跳前一步稍大些，起跳脚用力蹬地，另一脚屈膝上摆，头击球。（图2-5-4）

图2-5-4 前额正面跑动头顶球

（2）易犯错误与纠正方法

1）易犯错误

①上身与下肢不协调，影响发力效果。

②击球时机不当，闭眼缩脖，影响顶球力量与准确性。

③跳起顶球时，起跳时机不当，影响出球质量。

2）纠正方法

①身体要呈背弓状，自下向上发力顶球。

②前额应处在身体重心的垂直面上，睁眼击球。

③熟练掌握助跑、起跳和摆击动作。

（3）练习方法

1）做无球模仿练习。

2）每人一球，双手持球，做头前顶球练习。

3）利用吊球，进行跳起顶球练习。

4）两球员一球，做互抛互顶练习。

2. 前额侧面头顶球技巧与训练

前额侧面头顶球是用额骨侧面部位击球。（图2-5-5）

（1）动作要领

1）前额侧面原地头顶球：判断好来球速度与轨迹，双脚前后（左右）开立，注视来球；前膝微屈，双臂自然张开；当球运行到体前上方时，用力蹬地，上体随着出球方向摆动，用前额侧面击球的后中部。（图2-5-6）

图2-5-5　前额侧面击球部位

2）前额侧面跳起头顶球：其动作要领与前额原地头顶球相同，但需判断好来球，选准起跳点，注视来球，起跳后身体往后倾斜，头顶球时转体、甩头，用前额侧面将球顶出。

(2) 易犯错误与纠正方法

1) 易犯错误

①身体侧转体和回转摆动不协调，顶球时难以发力。

②起跳点与起跳时机掌握不当，影响顶球效果。

③起跳时，空中动作不协调，无法完成跳顶动作。

2) 纠正方法

①摆头顶球时，应向异侧转体，以加大摆击力量。

图2-5-6　前额侧面原地头顶球

②起跳前，应判断好来球速度、弧度与高度。

③熟练掌握起跳、腾空摆击、落地缓冲动作。

(3) 练习方法

1) 做无球模仿练习。

2) 教练抛球，球员做头顶球练习。

3) 三球员一球，做互抛互顶练习。(图2-5-7)

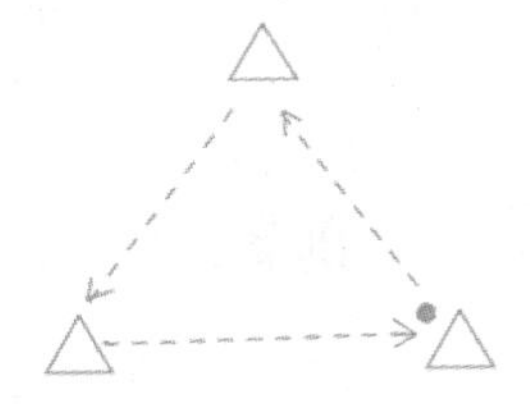

图2-5-7　三球员互抛互顶练习

(六) 抢截球技巧与训练

当一支球队失去控球权时，该队即从进攻转入防守。在防守中，个人的最主要技术就是抢截球，而积极有效的抢截球是抢回控球权，重新发动进攻的前提与条件。

抢截球技术是指球员在规则允许的范围内，运用身体的合理部位，把对手控制的球抢过来或破坏掉的方法。它包括两个方面：一是在对手控制球时，从他的脚下将球抢过来；二是在对方传球时，抢先将球断下来，或用堵、铲、争顶等技术抢截球。不管是用抢、断、堵、铲、争顶中任何一项抢球技巧，在具体运用中都包括了选位、角度和距离这三个要素。

选位：这个环节包含了对对方控球权情况、对方接应球员情况以及对方意图的判断。根据自己的分析，及时移动到抢球的最佳位置上。如果抢断对方的球有十分把握，应果断前抢；如果对手背身接球，应迅速逼上，尽量不让他转身；如果对手已控好球，应先快速逼上去，接近对手时再放慢速度，以便当对手变换方向时能及时防范。

角度：这是指以球与守方球门中心连接直线为基准的迎上盯抢角度。如果能有把握地断下所盯的球，则应选好切入传球路线的断球点。如果对手接控球时，能够上去紧逼持球者，防守者角度应正对持球者，接近角度应争取做到尽快贴近对手。

距离：这是指防守球员与持球进攻球员之间的距离。如果是要封堵对方传球与射门，其距离应比防止对方运球突破更贴近对手，大约与对手保持1.5米左右，这个距离既是可封堵对手向前活动的空间，又是能发挥抢球球员技术的最佳距离。

在运用抢截球技术时，一是选择抢球；二是选择断球；三是选择盯堵，限制持球球员转身；四是抢断无效时，可采用铲球进行破坏。

1. 抢球技巧与训练

（1）动作要领

1）脚内侧正面抢球：对手带球行进中，当脚刚触球的瞬间，防守球员伺机迎上，身体重心稍下降，支撑脚用力蹬地，抢球脚

的脚内侧对准来球的前中部，跨出堵球，身体重心落在抢球脚上，原支撑脚迅速跟上，抢球脚顺势向上提拉，使球从对方脚背滚过，防守球员迅速上前控球。（图2-6-1）

2）侧面合理冲撞抢球：当防守球员与运球球员并肩追球时，防守球员准备抢球，重心稍下降，靠近对手一侧的手臂紧贴自己的身体，利用对手同侧脚离地时，用肘关节以上部位轻撞对方相同部位，使对手失去平稳，迅速将球抢下。（图2-6-2）

图2-6-1 脚内侧正面抢球

图2-6-2 侧面合理冲撞抢球

（2）易犯错误与纠正方法

1）易犯错误

①抢球时机把握不好，未能抢先触球。

②抢球动作力度不够，提拉速度慢，影响抢球效果。

③触球后，重心跟进不及时，未能控制住球。

④侧面抢球冲撞动作不正确或时机不当。

2）纠正方法

①抓住对方控球脚离球瞬间，快速出脚抢球。

②抢球时，动作要突然，力求快、准、狠。

③抢球的身体重心要快速跟上。

④冲撞时手臂不扩张，力量要合适。

(3) 练习方法

1) 在两球员距离5米处放一球，听哨声后同时进行抢球练习。

2) 两球员相对站立，一球员运球突破，另一球员用脚背内侧进行抢球。

3) 球员分成进攻与防守两组，相距15米，进攻组运球，防守组抢球后再传给进攻组，反复练习。(图2-6-3)

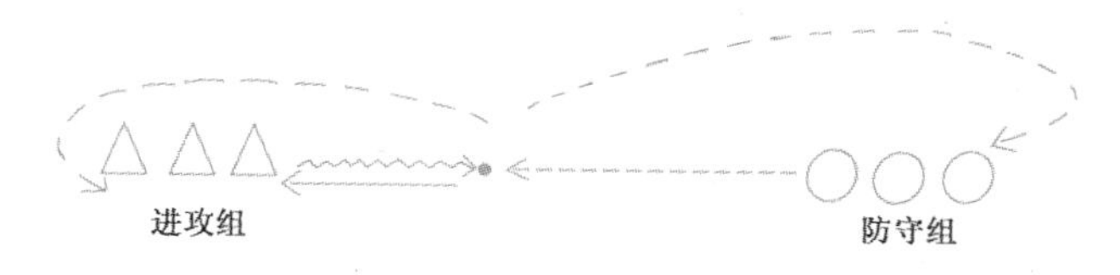

图2-6-3 攻守两组做抢球练习

2. 断球技巧与训练

(1) 动作要领：断球技术难度较大，它要求球员要有丰富的经验、敏锐的观察力与准确的判断力。

断球时，应根据对方球员传球的路线、方向、落点，来决定出击的时机，选好断球点，并决定用何种部位断球。另外，还必须事先做出决定是把球破坏掉，还是断球后自己运球或传给同伴。(图2-6-4)

图2-6-4 断球技巧

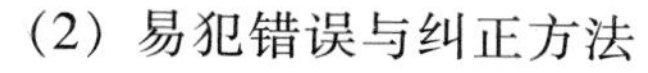

(2) 易犯错误与纠正方法

1) 易犯错误

①上前断球时机不当，造成截不住球。

②断球部位选择不当，影响截球效果。

2) 纠正方法

①判断好时机，快速上前断球。

②要用合理部位断球。

（3）练习方法

1）三球员一组，进行断球练习：△3传球给△4，②快速上前断球后运球至△3处，△3跑到△4处，反复练习。（图2-6-5）

2）四球员做断球练习：△2传球给△3，防守球员②上前断球后退回原处，△2再传球给△4，②再断球；接着由防守方另一球员进行练习。（图2-6-6）

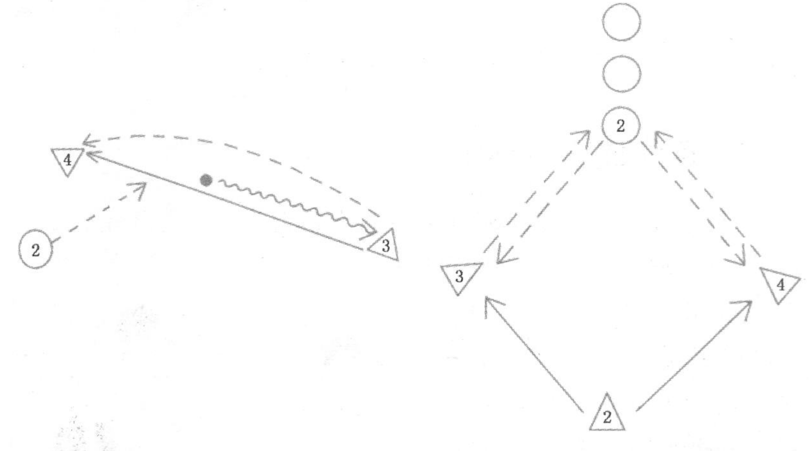

图2-6-5　三球员做断球练习　　图2-6-6　四球员做断球练习

3. 铲球技巧与训练

（1）动作要领：铲球技术是在对手已突破防线，防守球员无法在正面抢球时采用的一种防守技术，分为侧面铲球与正面铲球两种。

1）侧面铲球：当防守球员追到控球球员身边时，防守球员根据自己与球的距离，一脚用力蹬地使身体跃出，另一脚对着球

沿地面向前滑去，用脚底将球铲出，然后小腿外侧、大腿外侧、手依次着地。（图2-6-7）

图2-6-7 侧面铲球

2）正面铲球：当对方控球离身体较远时，防守球员先移动接近控球球员，膝关节微屈，重心下降，当控球球员触球脚触球后尚未落地时，防守球员双腿沿地面向球滑铲，随即用手扶地，向一侧翻滚尽快起立；还有一种是单脚蹬地，另一脚向前滑出，蹬地脚迅速绕髋关节转动，沿地面将球扫踢出去。

（2）易犯错误与纠正方法

1）易犯错误

①蹬跨发力不够，铲不到球。

②铲跨的起身动作慢，影响下一个动作。

③着地支撑动作不合理，容易引起损伤。

2）纠正方法

①蹬跨发力要快、狠，铲球时，与地面的夹角要小。

②铲球后，要顺势下地后快速起身。

③手指朝前，手臂支撑，以避免受伤。

（3）练习方法

1）每人一球，将球放在地上，进行铲球练习。

2）一球员运球，另一球员追到合适的位置，进行铲球练习。

3）球员做连续铲球练习。（图2-6-8）

图2-6-8 做连续铲球练习

（七）掷界外球技巧与训练

比赛中当球越出边线，就要由最后触球的对方球员在球出界处掷界外球来恢复比赛。由于掷界外球不受越位规则的限制，所以，如果在对方前场获得掷界外球，就是一个很好的进攻机会。

掷界外球，需要一个稳固的支撑，若要掷远球，出手角应小于45°，球出手要快；还可以利用助跑来增加掷球的力度。掷界外球分为原地掷界外球与助跑掷界外球。

1. 原地掷界外球技巧与训练

（1）动作要领：掷球球员双脚左右或前后开立，双手持球，面向球场内，置球于胸前，将球从头后经头顶一个连贯动作将球掷入场内。在球未离手前，双脚不能离开场地。（图2-7-1）

图2-7-1　原地掷界外球

（2）易犯错误与纠正方法

1）易犯错误

①掷界外球时，动作不规范，造成犯规。

②用力不协调，掷出角度不合理，影响掷远球的距离。

2）纠正方法

①掷界外球时，双腿不离地，掷球动作应连贯。

②双手同时用力，将球从45°角掷出。

（3）练习方法

1）两球员一球，距离20米做互掷练习。

2）球员依次进行掷远球比赛。

2. 助跑掷界外球技巧与训练

（1）动作要领：掷球员双手持球，从离掷球点5米左右距离向前助跑，当跑至边线处，双脚前后开立，将球从胸前置于头后，经头顶一个连贯动作将球掷入场内，身体重心从后腿移到前腿。（图2-7-2）

图2-7-2　助跑掷界外球

（2）易犯错误与纠正方法

1）易犯错误

①掷界外球时，动作不连续，造成犯规。

②助跑后，冲力太大，球未出手，脚已离地。

2）纠正方法

①要熟练掌握掷球技巧。

②助跑后，要控制好身体，球出手后脚才离地。

（3）练习方法

1）进行原地掷球练习。

2）在罚球区平行线的场地处，一球员掷球给另一球员，该球员接球后做运球射门练习。（图2-7-3）

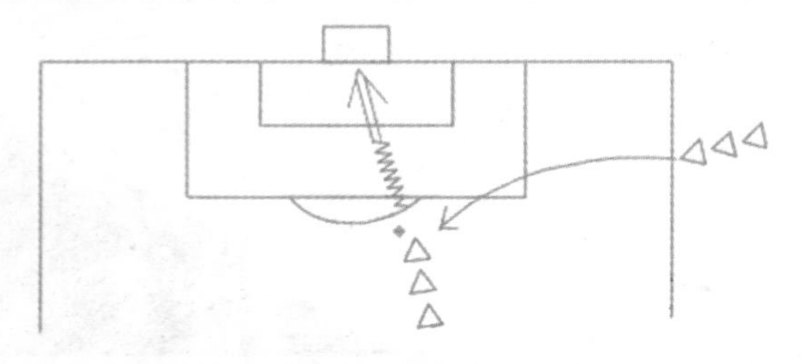

图2-7-3　接掷界外球后运球射门

（八）守门员技巧与训练

在一支球队中，守门员的主要任务是在守住本队球门的同时，还要组织与指挥全队进攻与防守。守门员角色既特殊又重要，特殊在于他是场上惟一可以用手触球的球员，重要则体现在他的成功防守将击溃对方的进攻，他的失误将导致比赛失利。

守门员技术包括：准备姿势、选位、步伐移动、接球、扑球、掌击球、托球、发球等。不管采用何种方法防守，其前期的准备姿势、选位、步伐移动三个过程都是共同的。

准备姿势：正确的准备姿势是双脚分开与肩同宽，身体重心落在前掌上，双手张开，掌心向下，置于身体腰部两侧，头部稍向前，目视来球。(图2-8-1)

图2-8-1　守门员的准备姿势

选位：球门空间较大，占据有利位置对提高守门员防守能力非常重要。一般来讲，守门员的选位应在球与两球门柱所形成的夹角的角平分线上。（图2-8-2）

当球在中场附近时，守门员可适当往前站些，选位时，既应考虑到不能让对方吊高球入门，又能随时出击。当球逼近罚球区时，守门员应适当后退到球门线附近，并根据球的运行方向选好封堵的角度。当球在本方半场两侧边线或角球弧附近时，就应站在靠近边线的门柱附近。当球到近端球门线时，应站在近端门柱旁。

步伐移动：守门员接球前正确的步伐移动，可扩大防守面。

图2-8-2　守门员的选位

守门员步伐移动有两种：一种是交叉式步伐移动（图2-8-3），另一种是侧滑式步伐移动（图2-8-4）。

图2-8-3 交叉式步伐移动

图2-8-4 侧滑式步伐移动

守门员的防守技术包括了接球、扑球、掌击球、托球；守门员的进攻技术是发球。

1. 接球技巧与训练

接球是守门员最基本的技术，它包括接地面球、平直球和高空球。

（1）动作要领

1）接地面球：有双脚直立式与单脚跪撑式两种。

双脚直立式：身体正对来球，两眼注视球，两腿自然伸直，上体前屈，两臂微屈前迎，掌心正对来球，两手小指靠近，手指微屈，手型成“碗状”，手指、手掌触球后，要屈肘、屈腕，随球后撤缓冲，两臂靠拢将球抱于胸前。（图2-8-5）

单脚跪撑式：身体正对来球，两眼注视球，准备接球时，两脚左右开立，一脚屈膝深蹲，另一脚屈膝，以膝关节触及地面。跪撑脚的膝关节靠近深屈膝脚的脚跟部位，其距离不大于球的直径，上体前倾，手掌向前正对来球，两手小指靠近，屈腕，两手

臂下垂略屈前迎，手型成“碗状”。在手指、手掌触球瞬间，屈肘、屈腕，随球后撤缓冲，将球抱于胸前。（图2-8-6）

图2-8-5　双脚直立式接地面球

图2-8-6　单腿跪撑式接地面球

2）接平直球：对手射来的平直球往往力量较大，守门员在接平直球时，双手尽量前伸，触球时可起缓冲作用，接球时，身体轻度弯曲，将球牢牢抱在胸前。（图2-8-7）

图2-8-7　接平直球

3）接高空球：又可分为原地接高空球与跳起接高空球。

原地接高空球：身体正对来球，双臂迎球上伸，两拇指相靠，接球位置应在身体前上方，当手触球的前中部时翻腕，将球抱于胸前。为了达到缓冲目的，双手应伸至体前30厘米为好。（图2-8-8）

跳起接高空球：为了增大控制面，尽早接到球，守门员可跳起接高空球。跳起接高空球与原地接高空球不同之处是要先判断好来球，选择正确的起跳时间，接球点应在跳起的最高处，其他动作与原地接高空球相同。（图2-8-9）

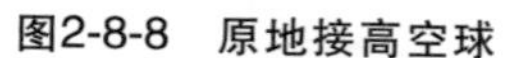

图2-8-8　原地接高空球

图2-8-9　跳起接高空球

（2）易犯错误与纠正方法

1）易犯错误

①屈臂接低球时，不夹肘，使球漏掉。

②接高球时，肘外张，影响接球后翻腕。

③接平球时，手臂没前伸后撤，球直接触及胸部。

④接球手型不正确，拇指间距过大，形成脱手或漏掉。

⑤跳起接球，时机不对。

2）纠正方法

①接球时，双臂、双肘不应外张。

②接球时，手臂尽量前伸；接球后，引撤缓冲速度要适当。

③接球的手型应保持“碗状”，使球接稳。

（3）练习方法

1）对着“足球墙”，做自抛自接低球练习。

2）两守门员互抛平直球进行接球练习。

3）教练向守门员踢出不同方向、位置与高度的球，供守门员进行接高球练习。

2. 扑球技巧与训练

当守门员在移动中无法接到对方射来的球时，常采用扑球方法来防守。

扑球主要方法有两种：一种是身体没有完全离地的腾空侧扑，这种方法常用于扑接速度较快，离守门员身体较远的地滚球；另一种是身体完全离地腾空的鱼跃式扑球。

（1）动作要领

1）侧向倒地扑地面球：两眼注视来球，身体重心降低并落在两脚的前脚掌上，扑球时异侧脚用力蹬地，同侧脚屈膝，向斜前方迎球跨出，上体顺势倒地，双臂迅速前伸迎球，近地的手在来球前封堵，另一只手按住来球，并迅速将球抱于胸前，两腿屈膝，回收于胸前保护身体躯干。侧扑倒地时，小腿、大腿、臀部、肩、手臂外侧顺势依次着地。（图2-8-10）

图2-8-10　侧向倒地扑地面球

2）扑前锋脚下球：扑前锋脚下球与扑侧面地面球相似。先判断好，当对方推球脚着地的瞬间快速前扑，身体横展，封住角度，屈体抱住球，接球后应注意团身保护。（图2-8-11）

图2-8-11　扑前锋脚下球

3）扑平直球：这种扑救方式常用于侧面扑球，断截传中球及前跃断球等。

判断好来球时，扑球同侧脚跨一大步，另一侧脚用力蹬地，展体伸臂，掌心对准来球，用手指抓住球，接到球后，肩部、臀部、腿依次落地，团身保护。（图2-8-12）

4）扑高球：扑接高球有侧面扑高球与正面扑高球。

侧面扑高球时，身体正对来球，两眼注视球，身体重心迅速向球飞行一侧移动，当重心移到起跳脚时，起跳脚用力蹬地，使身体向来球方向腾空跃出。与此同时，身体充分伸展，两臂向球伸出，以“碗状”手接球，双手接球后屈肘，以前臂、肩部、上体侧面、下肢顺势依次落地，迅速将球收回到胸腹前，屈膝团身。（图2-8-13）

图2-8-12　扑平直球

图2-8-13　扑高球

（2）易犯错误与纠正方法

1）易犯错误

①扑脚下球时，上体不做压球动作，影响倒地速度。

②扑高球时，侧蹬发力重心移动慢，影响腾起效果。

③接球手型不正确，造成接球脱手。

④倒地时，肘关节外展，导致受伤。

2）纠正方法

①扑脚下球时，双脚侧蹬，手臂要快速迎球，带动身体压扑。

②扑高球时，蹬地脚侧跨上步要小而快，使身体重心快速倾斜。

③蹬地腾空时，身体要充分伸展，延长滞空时间。

④接球时，手指要展开，掌心要空，以保证缓冲接球。

(3) 练习方法

1）守门员在沙坑或垫上进行定位扑接球练习。

2）教练手抛两侧低、平、高球，守门员进行扑接球练习。

3）守门员轮流进行扑接前锋射门练习。（图2-8-14）

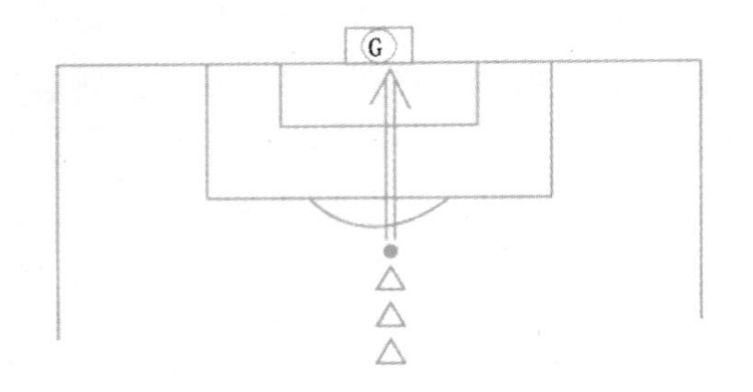

图2-8-14 守门员扑接前锋射门练习

4）守门员在前锋突破后进行扑脚下球练习。

3. 拳击球技巧与训练

当球湿或对方开角球，攻守双方都集中在罚球区内时，为保险起见，守门员多采用拳击球的技术。拳击球可分为单拳击球与双拳击球。

(1) 动作要领

1）单拳击球：在起跳过程中，击球臂位于肩上侧，捏紧拳头，体稍侧转，当身体跳至最高点时身体快速回转，以肘带动肩挥拳，以拳面击球的后底部。（图2-8-15）

2）双拳击球：在起跳过程中，双拳握紧，屈肘于胸前，两拳心相对，两拳并拢，在跳至最高点时双拳同时将来球击出。（图2-8-16）

图2-8-15　单拳击球

图2-8-16　双拳击球

（2）易犯错误与纠正方法

1）易犯错误

①起跳时，时机把握不好，未能准确击球。

②击球点不正确或拳击面不当，影响击球后的方向与力量。

2）纠正方法

①调整好起跳时机，保证准确击球。

②拳面正对来球迎击，应在最高点击球。

（3）练习方法

1）守门员一手持球，另一手进行拳击练习。

2）两名守门员互抛高球，进行拳击练习。

3）教练传出高球，守门员进行拳击球练习。

4. 托球技巧与训练

如果守门员没有把握扑住球，或守门员跳起时难接牢高球，可采用托球，即用手掌或手指轻轻击球，使其越过横梁或立柱的

技术来防守。

图2-8-17　托球

(1) 动作要领：托球的关键技术是张开手掌，用手掌前部触及球的前中部或底部。(图2-8-17)

(2) 易犯错误与纠正方法

1) 易犯错误

①用手掌前部托球，力度不够。

②伸臂和托顶动作脱节，影响发力。

2) 纠正方法

①托球时，腕部要后仰，用掌根托球。

②伸臂和托顶动作要一致，以保证托球力量。

(3) 练习方法：按照拳击球的动作要领进行训练。

5. 发球技巧与训练

由防守转入进攻，往往是从守门员开始发动的，守门员发球一般包括手发球与脚发球两种。这两种发球的共同特点是：发球快、稳，长、短结合。

(1) 动作要领

1) 手发球：分为单手抛低平球、单手肩上掷球和勾手掷球。

单手抛低平球：这种球常用于短距离发球。守门员接球后，发现同伴未被对方盯住时，可采用单手抛低平球发动进攻。抛球时，守门员身体侧对出球方向，利用腰部力量的转动，将球从手上送出；还要注意后脚蹬地、转体挥臂和甩腕的协调与用力，掷球时重心要降低。(图2-8-18)

图2-8-18　单手抛低平球

单手肩上掷球：这种球可用于中长距离发球。发球时，要注意肩部用力，并在球出手前利用腰部的转动，用力将球送出；还应利用好后脚蹬地、转体挥臂和甩腕的力量，使整个动作连贯一致。（图2-8-19）

勾手掷球：勾手掷球力量最大，可掷最远的距离，但准确性差些。发球时，两脚前后开立，腰部扭紧，身体重心移到后脚。单手持球后引，掷球时后蹬发力，迅速转体，持球手臂顺势向上挥臂摆动，将球掷向预定目标。特别要注意持球手臂应弧线上摆，另一手臂相应下摆。（图2-8-20）

图2-8-19　单手肩上掷球

图2-8-20　勾手掷球

2）脚发球：脚发球有发球远的特点，守门员常用于快速发球上，尤其是当本方前锋头顶球好的，可出奇制胜。脚发球还分为凌空发球和反弹发球。

凌空发球：守门员持球在前，踢球脚以髋关节为轴心前摆，用脚背正面或脚背外侧在球未落地前击球的底部，击球后踢球脚随出球方向继续前摆。（图2-8-21）

反弹发球：守门员发球前从体前低抛球，当球落地反弹起的瞬间，用脚背正面或脚背外侧击球的底部，踝关节用力，使球沿空中作小于45°角飞行。如要踢出沿地面运行的反弹球，击球的

力量要落在球的水平线与垂直中线上。（图2-8-22）

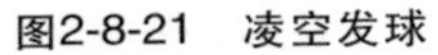

图2-8-21　凌空发球

图2-8-22　反弹发球

（2）易犯错误与纠正方法

1）易犯错误

①引球时，转身转体不够，影响抛球力量。

②出球时，缺乏腕拨球动作，控制不好出球方向。

③脚发球的部位不正确，影响出球准确性。

2）纠正方法

①引球尽量加大幅度，利用腰腹的力量抛掷球。

②球应通过手腕压拨，经手指出球，才能控制好出球方向。

（3）练习方法：按照发球的动作要领进行手发球和脚发球训练。

Football

三、足球实用战术与训练

足球战术指在足球比赛中，为了战胜对手，根据赛场主客观情况所采取的个人技术和集体配合的技巧。足球比赛中，球员战术素养的高低往往决定了比赛的胜负。

比赛阵型是足球战术的重要组成部分，也是体现足球战术的最好方式。正确的阵型能使球队更好地组织战术进攻与战术防守。

足球战术通常分为进攻战术、防守战术及定位球战术。

（一）比赛阵型

比赛阵型是指赛场上球员的位置排列形式和职责分工。

在阵型的选择使用上应根据攻守战术的需要来确立，而球员位置的确定则要考虑本方球员的特点和对方的实力，只有这样才能克敌制胜。

1.“四三三”阵型

20世纪70年代出现的“四三三”阵型是由“四二四”阵型演变而来的，它是将“四二四”阵型中的一名前锋回撤到前卫线，达到加强中场的控制，使进攻更加灵活多变，而防守也更加稳固。

（1）站位：在球员使用中，安排四名后卫、三名前锋，在前锋与后卫之间有三名前卫。这四名后卫中，两名中卫镇守中路。其中，一名中卫站位稍靠前，负责盯人；另一名中卫稍拖后，负责保护堵漏。两名边后卫分别把守左、右两侧地区。三名前锋中，中锋在中路接应、穿插，两名边锋在左右区域游动、沉底。三名前卫均在中间地带，两边前卫分居左右；中前卫根据需要可居前或拖后，三人共同负责中场控制任务。（图3-1-1）

（2）特点：“四三三”阵型优点是位置较灵活，攻守力量较

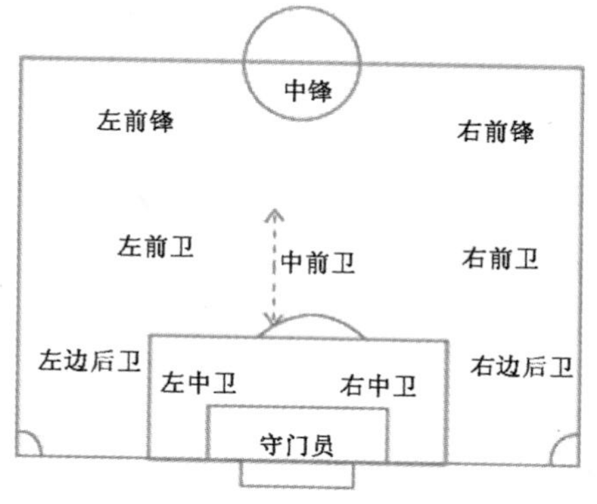

图3-1-1 “四三三”阵型的站位

为平衡。当球员位置调整时，又能迅速保持好完整队形。进攻中常保持六名球员，防守时最多可达七人。不足之处是，由于撤回一名前锋，三名前锋常处于四后卫逼抢下，攻击力相对弱些。

2.“四四二”阵型

中场是兵家必争之地，为了取得控制权。20世纪60年代，欧洲的英格兰队，从锋线上再撤回一名前锋形成“四四二”阵型，并在第八届世界足球锦标赛上首夺冠军。

（1）站位：“四四二”阵型中四名后卫的位置排列与“四三三”阵型相同，但要求两个边后卫更加积极参加进攻。四名前卫站位主要有两种：一是两名边前卫分别站在左右两边，中间两名前卫分别站在前后两点，形成“菱形”站位；（图3-1-2）另一种是中间两名前卫成平行站位。（图3-1-3）两名中锋主要活动在对方中后卫和边后卫之间的两肋，通过传切与交叉换位，突破对方防线，创造射门机会。

（2）特点：这种阵型的主要特点是，中后场防守更加稳固，进攻时中锋拉边制造宽度与空当，由中后场球员频频套边插上助

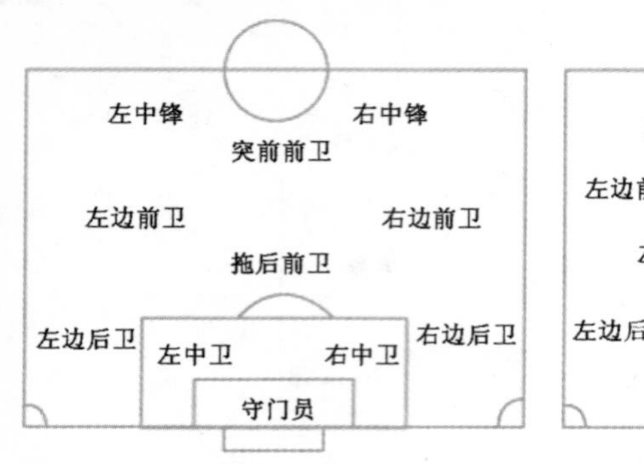

图3-1-2 "四四二"阵型的"菱形"站位

图3-1-3 "四四二"阵型的平行站位

攻。不足之处是，要求两名中锋的个人能力要很强，中场的四名前卫互相之间要协调行动。

3. "三五二"阵型

"三五二"阵型诞生于20世纪80年代，是专门针对"四四二"阵型研究出来的一种新阵型。

（1）站位：为了取得中场优势，推上一名中后卫。在防守时，更加明确，两名盯人中卫盯住对方两名中锋，一名中卫拖后保护，在确保中后场稳固的防守下，进攻时五名前卫轮流进行多点进攻，给对方造成的威胁很大。（图3-1-4）。

图3-1-4 "三五二"阵型的站位

(2) 特点：这个阵型由于中场人数较多，进攻时较灵活多变，防守时又有人积极参与，不足在于两名边前卫身后空当较大，后防线三名后卫的个人防守能力要更强。这都是防守时常遇到的难题。但是，从现代足球攻守趋势来看，这种阵型较为优越，是主打阵型，为各国普遍采用。

4.“五三二”阵型

(1) 站位：实力相对较弱的球队为了加大防守的力度，往往在“四四二”阵型基础上，采用从中前卫上撤一名防守能力强的球员参加防守，这就形成了守强于攻的“五三二”阵型。进攻时，常利用两名边后卫或边前卫插上助攻，这时的阵型又变成“三五二”了。(图3-1-5)

图3-1-5 “五三二”阵型的站位

(2) 特点：可以看出，这种阵型灵活，变化快。但是由于大量球员集中在中、后场，插上助攻的距离长，可能会影响进攻的速度。

5.“四五一”阵型

这是一个更侧重防守的阵型。它是从“四四二”阵型中的前

场撤回一名前锋而形成。

(1) 站位：四名后卫主要任务是防守，五名前卫控制争夺中场，并伺机转入进攻。但是由于前锋仅一名，所以攻击力较弱。(图3-1-6)

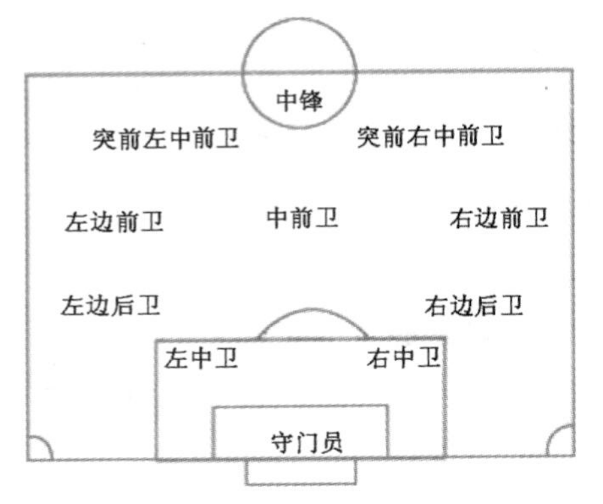

图3-1-6 “四五一”阵型的站位

(2) 特点：采取这种战术阵型，要求该队要有一名优秀的强力前锋。

6. “三四三”阵型

当“四三三”阵型逐渐退出世界足球舞台后，近年来欧洲荷兰队采用的“三四三”阵型令人注目。

(1) 站位：这种阵型是将“四三三”阵型中的一名组织能力强的防守球员推到中场而形成的。四名前卫坐镇中场，攻守兼备。三名防守球员中的两名盯人中卫看守对方两名前锋，一名拖后中卫进行保护与补位，而三名前锋既能增强进攻力量，又能牵制对方边后卫的助攻。(图3-1-7)

(2) 特点：可以说“三四三”阵型，攻守自如，球员位置也较固定，能较好地完成赛前教练制定的战术方案。

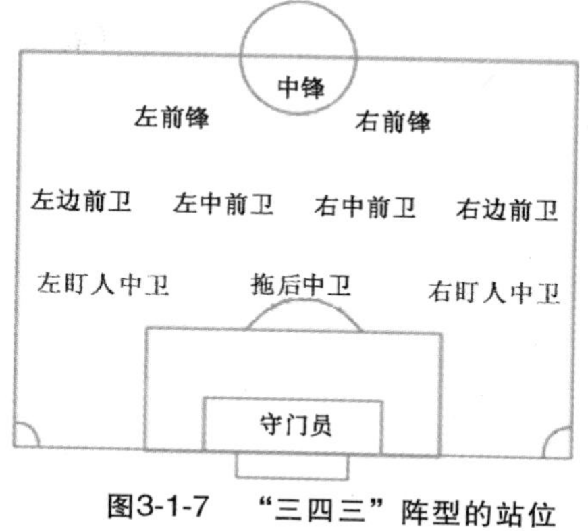

图3-1-7　“三四三”阵型的站位

7. 灵活运用比赛阵型

（1）要依据现代足球比赛的规律来选择比赛阵型。

（2）应根据球员的个人能力与特点来选定比赛阵型。

（3）要合理组织球员进行攻守训练，灵活运用比赛阵型。

（4）使用阵型时，应随时保持队形完整。

（二）球员的职责与分工

1. 守门员

守门员的主要职责是守住球门。守门员也是球队发起进攻的第一人，因此，他应做到以下几点：

（1）指挥球员进行防守。

（2）守好球门，接住对方各种射门的球。

（3）在罚球区内接住对方的传中球、角球。

（4）由守转攻时要选好进攻点。

2. 边后卫

边后卫主要负责防守对方的边锋或进入边锋位置的其他球员，其具体职责有以下几点：

(1) 负责边路的防守工作。

(2) 弥补中卫身后的空当。

(3) 协助前卫组织进攻。

(4) 插上传中或助攻。

3. 中卫

中卫是防守的支柱，应尽力封堵通向球门的中间通道上的球，其分工如下：

(1) 指挥中路的防守。

(2) 保护边后卫身后的空当。

(3) 协助前卫组织进攻。

(4) 伺机插上助攻。

4. 前卫

前卫是前锋与后卫之间的桥梁和攻守的枢纽。按不同要求前卫又分为边前卫、突前前卫、拖后前卫，他们都有以下共同的任务：

(1) 组织全队的进攻。

(2) 防住对方相应的前卫。

(3) 插上进攻与远射。

(4) 及时回补后卫防守的漏洞。

5. 前锋

前锋肩负着射门得分的重担，按不同阵型前锋又分为中锋与

边锋，他们都有以下共同的任务：

（1）突破射门。

（2）积极拉扯，为同伴创造空当。

（3）由攻转守，快速回防反抢。

（三）进攻战术

进攻战术包括有个人进攻战术、局部进攻战术、整体进攻战术与定位球进攻战术。定位球进攻战术在本章（五）中另述。

1. 个人进攻战术

个人进攻战术是构成局部与整体进攻战术的基础，它包括传球、跑位、运球过人、射门。

（1）传球：传球在比赛中运用最多，高水平的比赛中，每场的传球平均可达1000多次。传球是整体战术配合的基础，球员在平时可按照以下方法进行训练。

1）传球主要练习方法

①传空当球练习：△9向20米外的2米半径的目标区传高球。(图3-3-1)

②两球员移动中传地面球练习：△7与△8面对面站立，相距8米，△7向△8传地面球，△8边后退边回传球。(图3-3-2)

③两球员向前跑动传球练习：△7与△8相距10米左右，

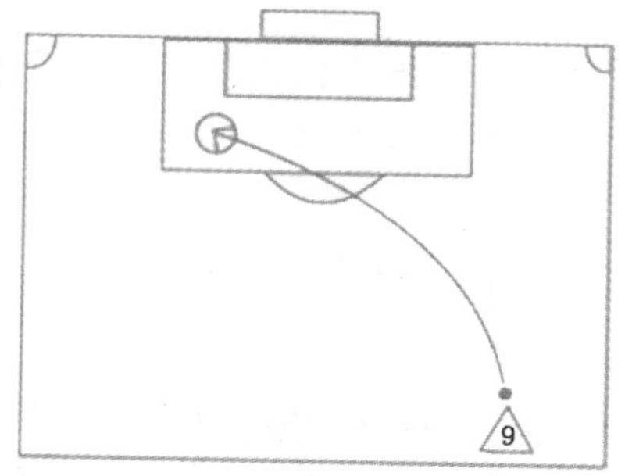

图3-3-1　传空当球练习

向前跑动中连续传地面球，最后结合射门。（图3-3-3）

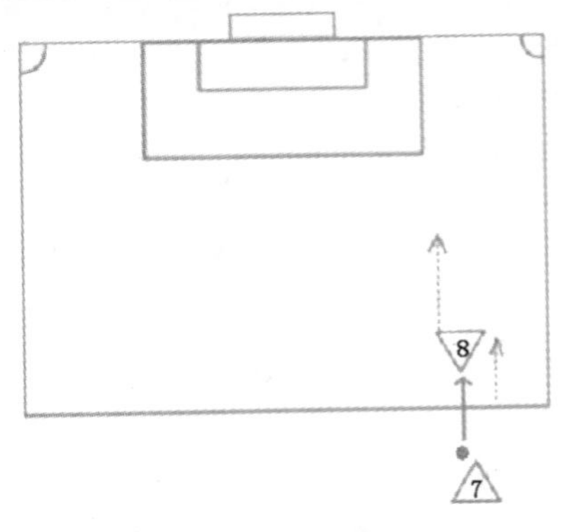

图3-3-2 传地面球练习

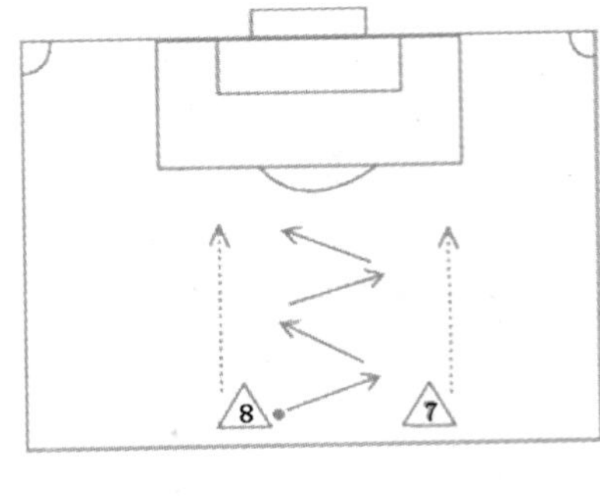

图3-3-3 跑动传球练习

④摆脱后接同伴传球练习：△11回跑或先前压再回跑，摆脱②防守球员后，接△8的传球。（图3-3-4）

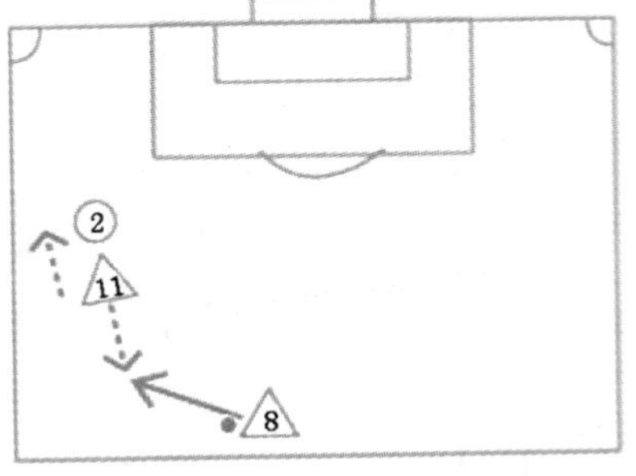

图3-3-4 接同伴传球练习

⑤三球员一组长、短传球练习：△7与△9相距30米左右，△7传高球给△9，△8与△9进行短传配合，△9再长传给△7。接着，△8移到△9处，△9跑到△7处，△7跑到△8处，反复进行穿插传球练习。（图3-3-5）

2）传球要点

①选择准传球的目标。

②掌握好传球时机。

③控制好球的力量与落点。

（2）跑位：跑位是指在比赛中，球员在无球情况下，通过有意识的跑动，为同伴或自己创造进攻机会。

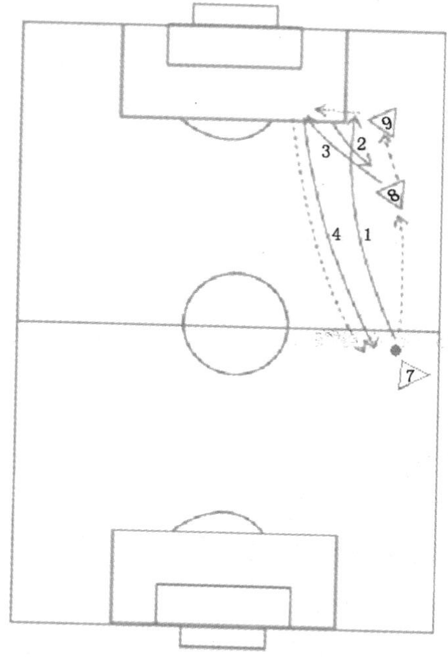

图3-3-5　长、短传球练习

跑位按目的与开始时的状态可分为：在对手紧逼时，为摆脱对手跑到空当去接球，或已摆脱对手在无人盯看的情况下，切入或插上空当，或在对手紧逼时，拉开防守位置为同伴制造空当。

跑位的主要方法有突然起跑、变向跑位与变速跑位。

1）跑位主要练习方法

①跑空当练习：△8 跑到 ② 身后的空当，接应 △9 的传球。（图3-3-6）

②变向摆脱跑空当练习：△8 被 ④ 紧逼，△8 先向左斜跑再突然转向右斜跑，摆脱 ④ 后，接 △9 的传球。（图3-3-7）

③为同伴制造空当跑位练习：△8 持球，△6 回跑，吸引防守球员 ⑤ 出来；这时，△7 斜插到 △6 拉扯后形成的空当，接 △8 的传球。（图3-3-8）

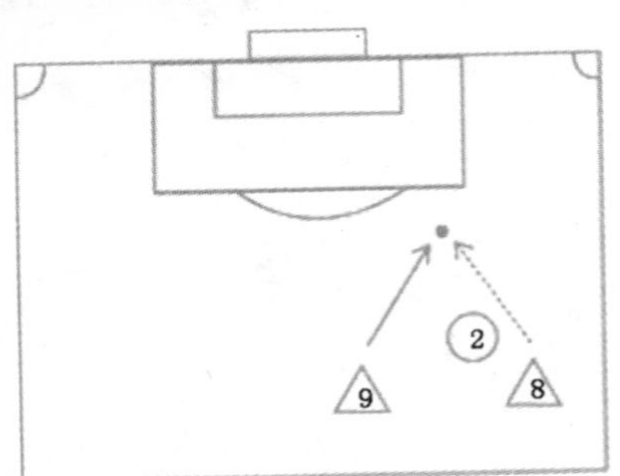

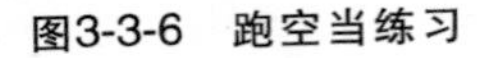
图3-3-6　跑空当练习

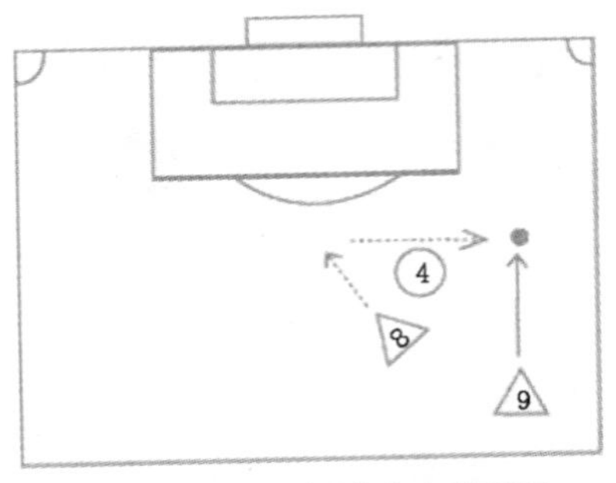

图3-3-7　变向摆脱跑空当练习

2）跑位要点

①要有敏锐的观察力。

②要有多变的行动。

③要掌握好跑位的时机。

④要明确跑位的目的。

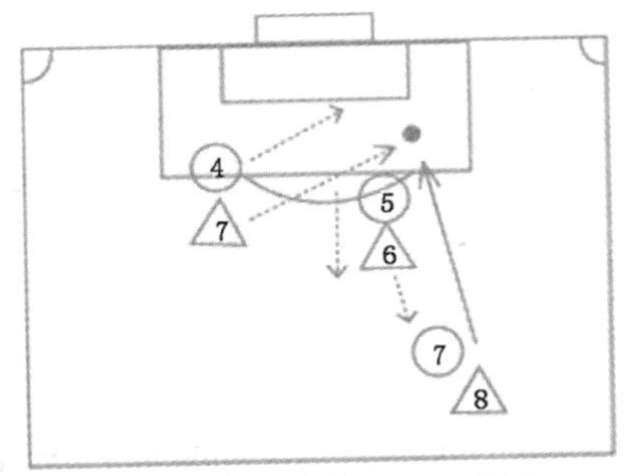

图3-3-8　制造空当跑位练习

（3）运球过人：运球过人是进攻战术中极为重要的个人战术。运球突破可创造以多打少的有利局面，也是破密集防守及获得传球与射门的有效手段。

运球过人，从场上的运用来看，常分为快速起动、速度变化及假动作过人。

1）运球过人主要练习方法

①单人运球练习：在自由运球中练习推、扣、拨、拉等结合身体的虚晃假动作。

②两球员运球过人练习：△8 运球逼近⑤，在距1.5米处运球过人，防守方被动抢球，让对方突破；接着两人对换角色进行练习。（图3-3-9）

③三球员运球过人练习：△8 运球，⑤迎面被动抢球，△8 越过⑤后将球传给△6，并跑到△6 后面8米处，△6 将球

传给⑤，循环练习。（图3-3-10）

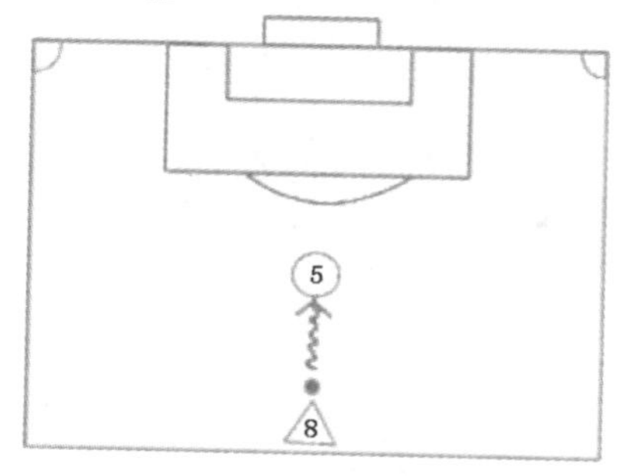

图3-3-9　运球过人练习

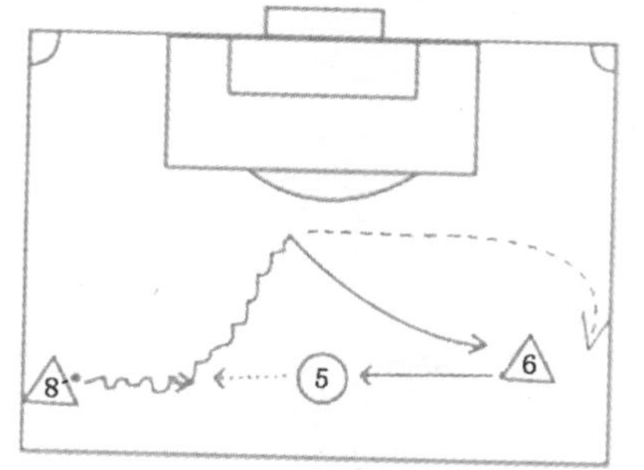

图3-3-10　三球员运球过人练习

2）运球过人要点

①运球过人时要控制好身体重心。

②运球过人的距离要掌握在1.5~2米。

③后场少用运球过人，前场敢于冒险过人突破。

④变向变速过人时，要快速多变，连接动作要快。

（4）射门：射门是所有进攻战术配合的最终目的，是决定一场比赛胜负的关键。在当今足球比赛中，许多射门动作必须在对手紧逼、对抗下完成。

射门按射门方法可分为：直接射、运带射、接趟射三种；按球的性质又可分为：定位球、地面球、空中球三种；按来球方向还可分为：正面、侧面、前侧、后侧四种。

射门要点

①应有强烈的射门欲望，果断起脚射门。

②射门必须准确、突然、有力。

③尽量射低球，射远门柱球。（图3-3-11）

④控制射门区域：通常将射门区域分为1、2、3、4四个区域。在第十二届至第十四届世界杯中，共射门进球393个，其中1区占67.4%，2区占22.4%，3区占8.7%，4区占1.5%。由此可见，

控制射门区域是很有效的战术。（图3-3-12）

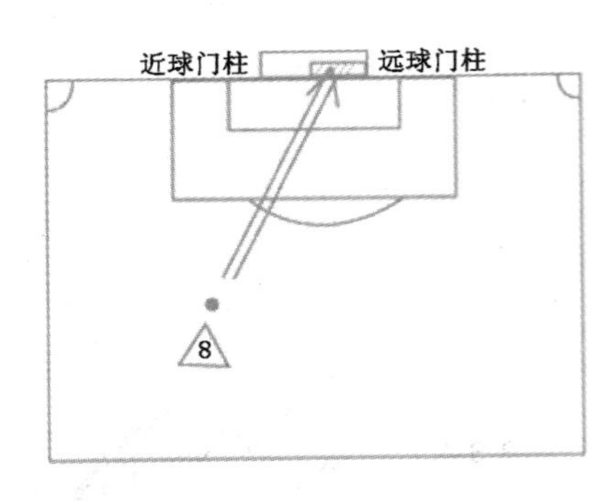

图3-3-11　射远门柱球

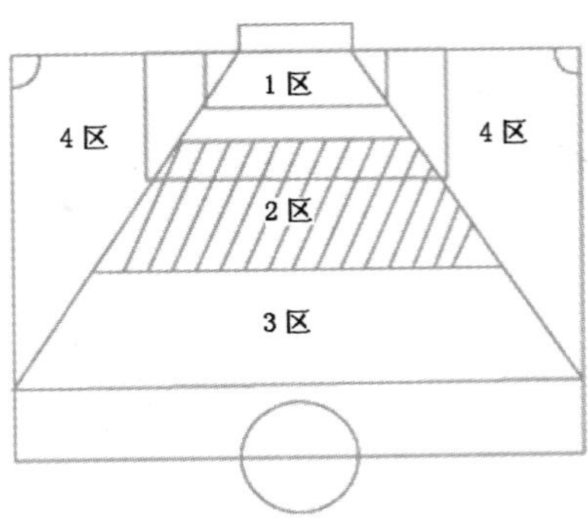

图3-3-12　控制射门区域

2. 局部进攻战术

局部进攻战术是组成整体进攻战术的基础，是指进攻中两名或几名球员之间的配合方法。主要内容有传切配合、掩护配合、二过一配合及三过二配合。

（1）传切配合：传切配合是指控球球员将球传给切到防守球员身后的同队球员的配合方法。传切配合形式有局部传切和长传转移切入。

1）局部传切方法

直传斜插：△8传球到④身后，同队△9切入拿球。（图3-3-13）

斜传直插：△8向④身后传球，△7切入拿球。（图3-3-14）

斜传斜插：△8向③身后斜传球，△6斜线切入拿球。（图3-3-15）

2）长传转移切入方法：△8在同侧配合受阻情况下，将球长传到异侧空当，△10切入拿球。（图3-3-16）

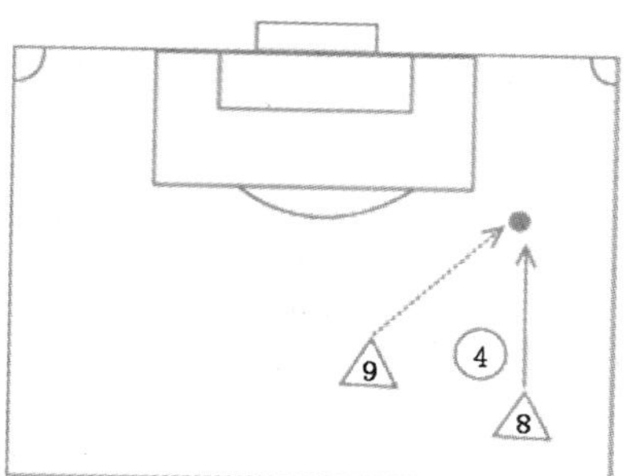

图3-3-13　直传斜插法

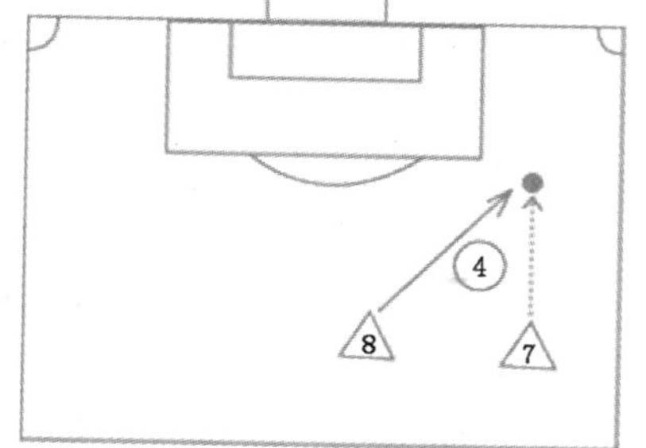

图3-3-14　斜传直插法

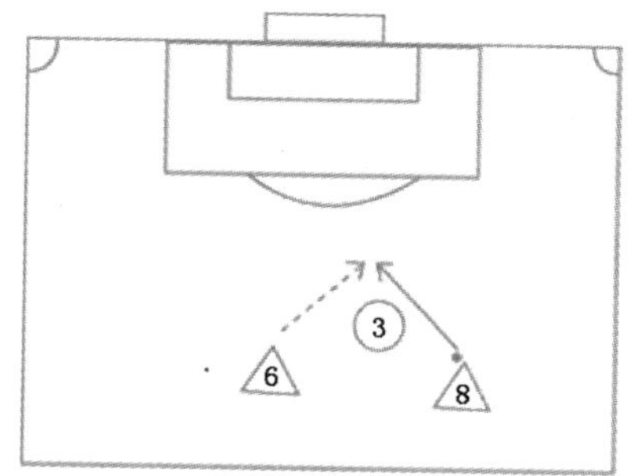

图3-3-15　斜传斜插法

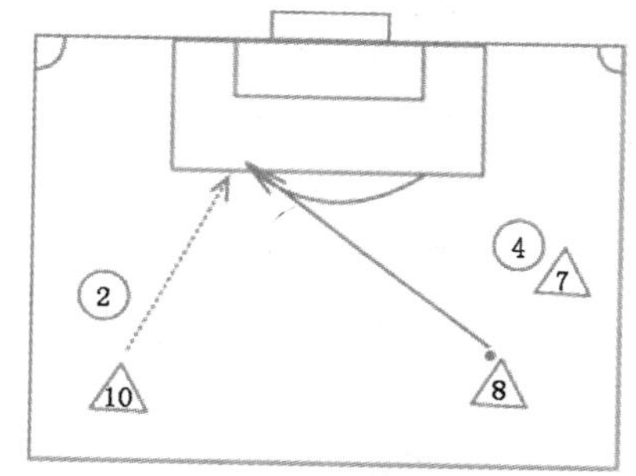

图3-3-16　长传转移切入法

2）传切配合注意事项

①要根据场上情况，正确选择局部传切配合或长传转移切入方法。

②进行传切配合时，两名球员要默契；即传球者要及时、准确，力量合适；切入的球员要突然、快速，及时到位。

（2）掩护配合：掩护配合是指在局部区域，两名进攻球员在运球交叉换位时，以自己的身体掩护同伴突破的默契行动。

1）掩护配合方法：△7 横向运球，△8 迎上接球；交叉时，△7 以自己身体掩护 △8 越过 ④ 的防守。（图3-3-17）△7 向后运球，△8 迎上接球；两人贴近交换球后，△7 以自己身体掩护 △8 运球越过 ⑤ 。（图3-3-18）

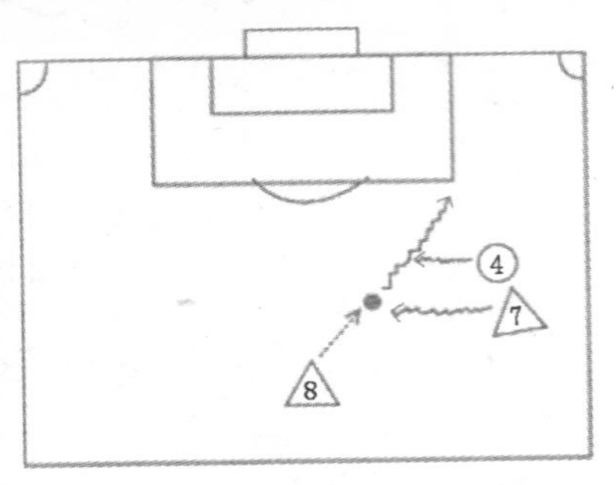

图3-3-17 掩护配合一

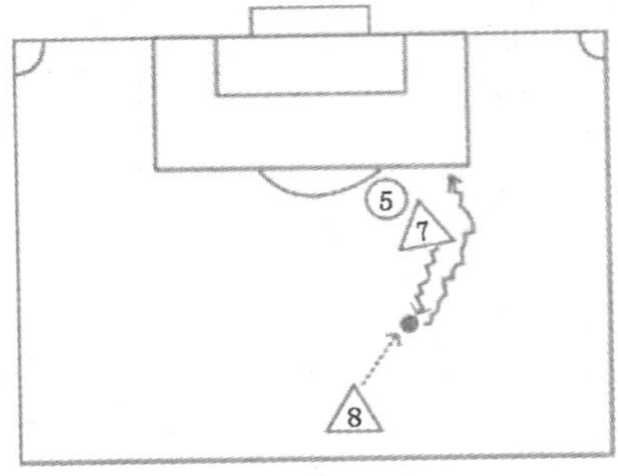

图3-3-18 掩护配合二

2）掩护配合注意事项

①掩护配合时，要快速、紧凑和连贯。

②两人交叉运球时要贴近。

③运球球员必须用远离对方球员的脚运球，接球球员要用运球球员同侧脚接球。

(3) 二过一配合：二过一配合是指局部地区两名进攻球员通过两次以上的连续传球配合，越过一名防守球员的默契行动。

二过一配合根据传球与跑位的形式有：直传斜插二过一、斜传直插二过一、斜传斜插二过一、回传反切二过一。

1）直传斜插二过一：△8将球传给△7，△7直接将球传到④身后空当，△8切入拿球。（图3-3-19）

2）斜传直插二过一：△7将球传给△8，△8直接将球传到⑤身后空当，△7快速切入拿球。（图3-3-20）

3）斜传斜插二过一：△7运球逼近⑤时，斜传给接应的△8，△8直接斜传到⑤的身后空当，△7迅速插入拿球。（图3-3-21）

4）回传反切二过一：△7运球后将球传给同队△8，△8直接将球传到对方④身后空当，与此同时，△7迅速反切拿球。（图3-3-22）

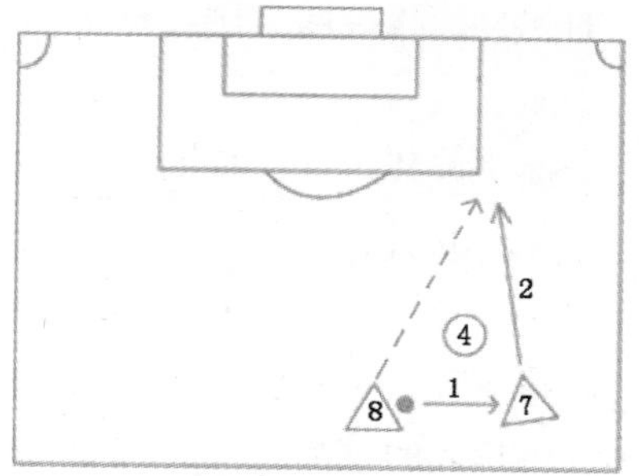

图3-3-19　直传斜插二过一

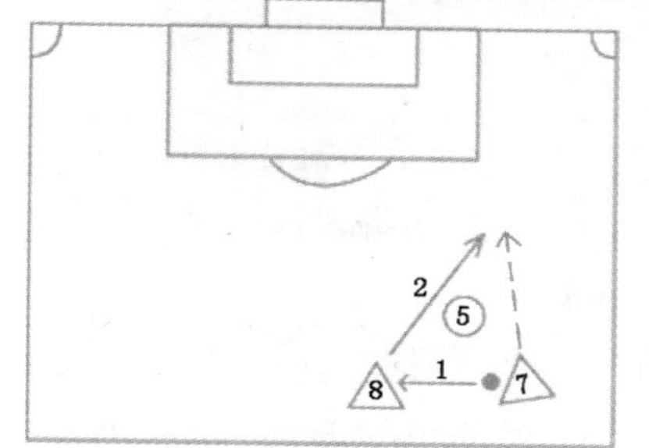

图3-3-20　斜传直插二过一

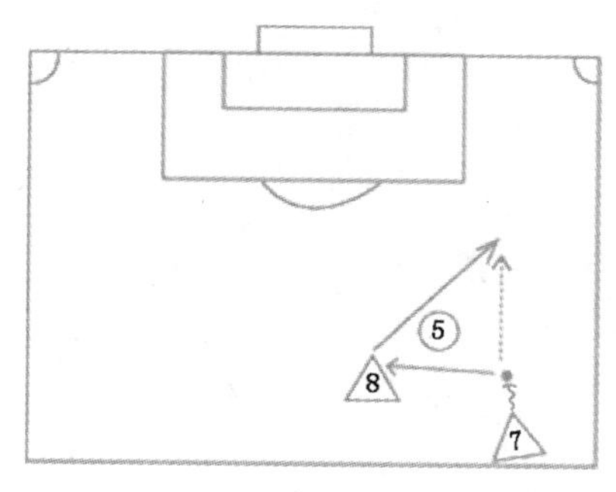

图3-3-21　斜传斜插二过一

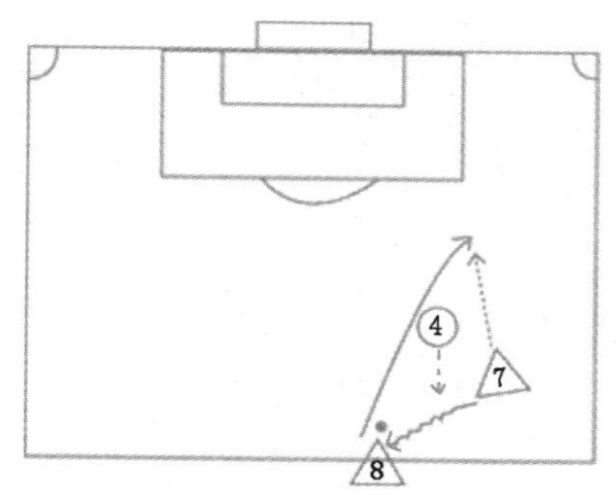

图3-3-22　回传反切二过一

5）二过一配合注意事项

①要抓住战机进行配合。

②传球方向与力量要恰到好处。

③注意纵深，避免越位。

（4）三过二配合：三过二配合是指在局部地区有三名进攻球员，通过两次或两次以上的连续传球配合，突破防守球员的配合行动。

三过二配合常见的方式有两种，一种是一名球员利用自己跑空当来牵制一名防守球员，其他两名进攻球员利用传切，越过另一名防守球员的方法；另一种是三名进攻球员通过传球，进行一

次间接二过一，或连续两次二过一的配合，战胜两名防守球员的方法。

1）跑空当配合方法：△6回跑，接△5传球并回敲给△5，△5立即再将球传到对方⑥身后空当，由△10切入拿球。（图3-3-23）

2）间接二过一配合方法：△7向前运球，突然将球传给△6后，斜插；△6接球，并将球传给另一侧切入的△9。（图3-3-24）

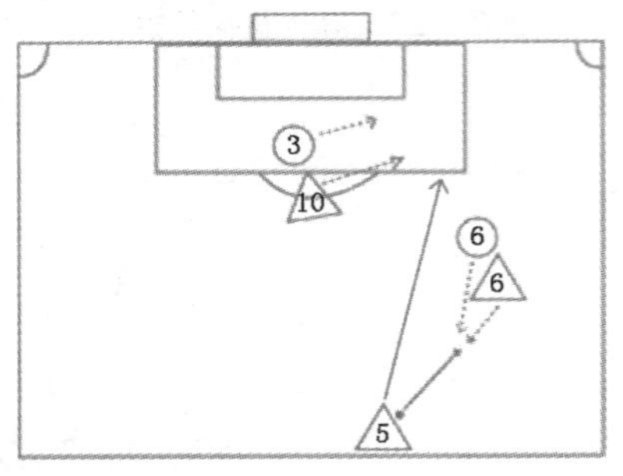

图3-3-23　跑空当配合法

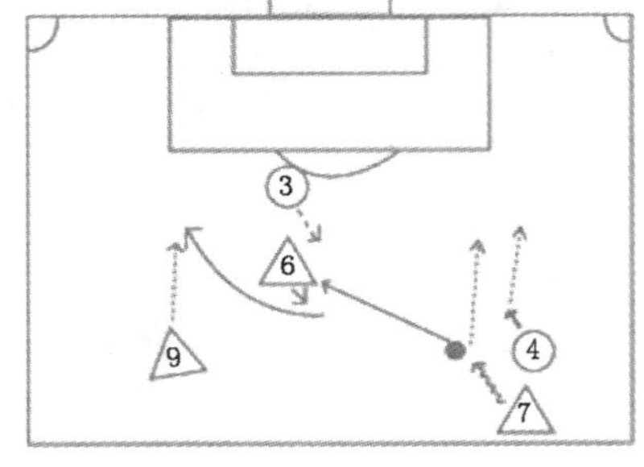

图3-3-24　间接二过一配合法

3）三过二配合注意事项

①进攻球员观察面要广。

②两名接应球员跑位穿插的时间要有先后。

③连续传球要连贯，配合应默契。

3. 整体进攻战术

整体进攻战术是指为了完成进攻战术任务所采用的全局性的进攻配合方法。

整体进攻战术主要方法有：边路进攻、中路进攻、转移进攻、快速反击、层次进攻。

（1）边路进攻：边路进攻多发生在对方半场两侧区域的发展与结束阶段的进攻。（图3-3-25）

下底传中区

边路传中区

外围传中区

边路

边路

图3-3-25　边路进攻

边路进攻方法常有：前锋运球突破，边锋与中锋、前卫配合突破，边锋与中锋交叉配合突破。

1）边路进攻发展阶段方法

边锋或边路球员运球突破：

△7 在边路运球突破对方②的防守。（图3-3-26）

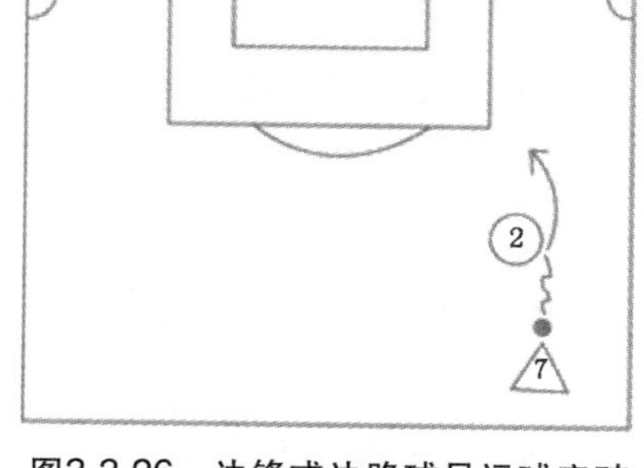

图3-3-26　边锋或边路球员运球突破

边锋与中锋或边锋与前卫二过一配合。（图3-3-27）

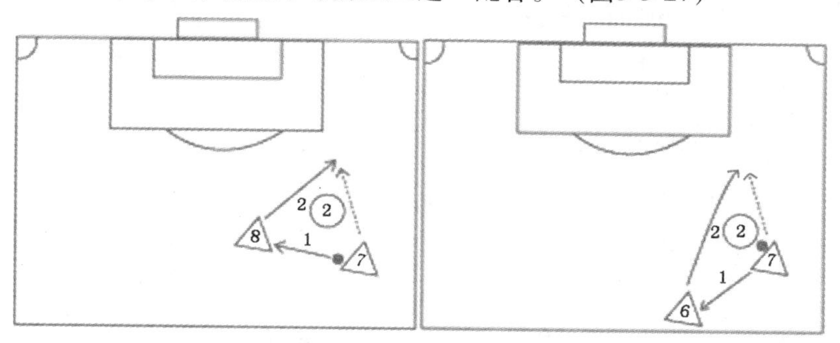

图3-3-27　边锋与中锋或边锋与前卫二过一配合

边锋与中锋交叉换位配合：边前卫△6将球传给边路上△7，△7回传给△6后，斜插到中路，△8中锋交叉跑到边路接△6传球。（图3-3-28）

前卫套边配合：△6传球给△7，△7带球往里切，②跟着移动，△6套边插上突破，接△7传球。（图3-3-29）

后卫套边插上配合：边后卫△3将球传给△7，△7带球里切，对方②跟进，△3沿边插上，接△7传球，突破下底。（图3-3-30）

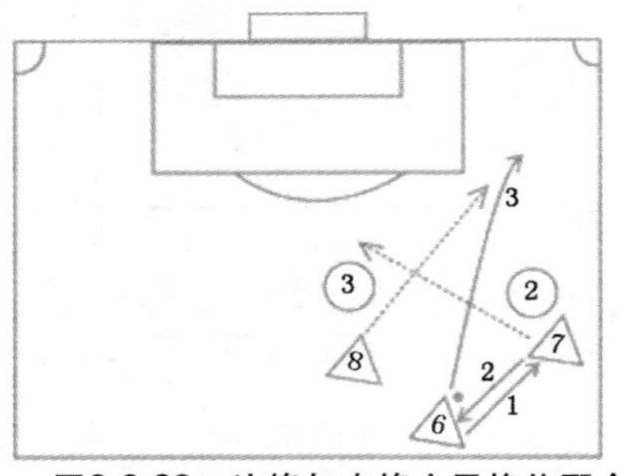

图3-3-28　边锋与中锋交叉换位配合

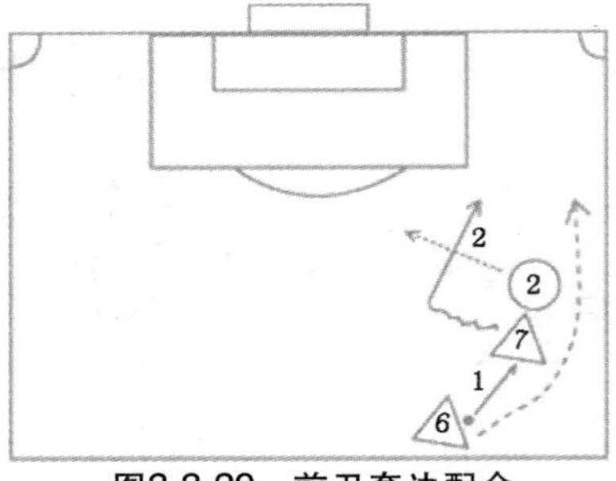

图3-3-29　前卫套边配合

2）边路进攻结束阶段方法：边路进攻结束阶段也可进行射门，但成功率很低，一般都是传中，由同伴进行射门。

外围传中：△7从边路外围将球传给切入罚球区内头顶球较好的△10。（图3-3-31）

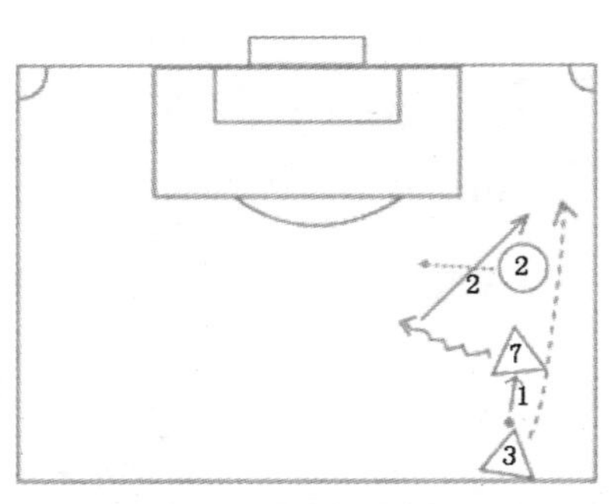

图3-3-30　后卫套边插上配合

边路传中：△7突破对方防守下底后，将球传到罚球区内的△10。（图3-3-32）

下底回传：△7将球传给切入罚球区的△8，△8将球回传

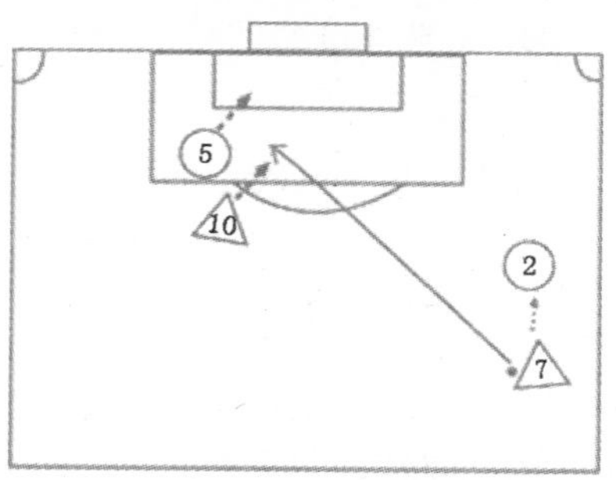

图3-3-31 外围传中

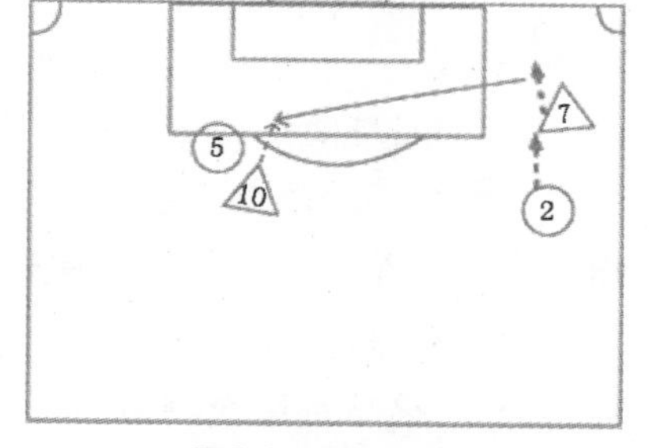

图3-3-32 边路传中

给及时跟进的 10 。（图3-3-33）

3）边路进攻注意事项

①边路进攻要与中路进攻结合起来，才会更好发挥边路进攻的作用。

②边路进攻应以配合为主，在前场可结合个人运球突破。

③边路进攻结束阶段，多以传中球为主，应特别注意传中球的时机与落点。

（2）中路进攻：中路进攻多指在对方半场中间地带发展与结束阶段的进攻。（图3-3-34）

中路进攻方法有个人运球突破、两名或三名球员之间局部配合、头顶球摆渡及任意球配合等方法。

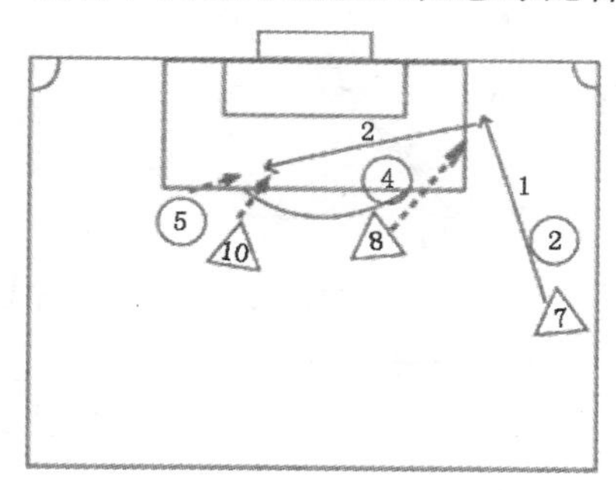

图3-3-33 下底回传

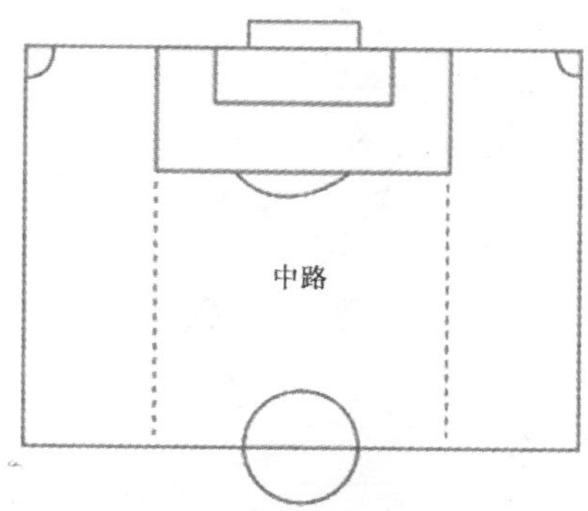

图3-3-34 中路进攻

1）个人运球突破方法：△10运球突破⑤的防守后射门。（图3-3-35）

2）两名球员配合突破法：有踢墙式二过一配合、回传反切二过一配合、运球交叉掩护配合，其中踢墙式二过一配合最为常用：△8向△10脚下传球，球碰到“墙”上而弹向⑤身后空当，△8切入拿球。（图3-3-36）

3）三名球员配合突破法：△10拉开防守球员，跑向第一空当，△9前卫球员传球给△8后，切入第二空当，接△8传球，射门。（图3-3-37）

4）头顶球摆渡配合法：△7传球给△10，△10用头将球摆渡到⑤身后，△9切入射门。（图3-3-38）

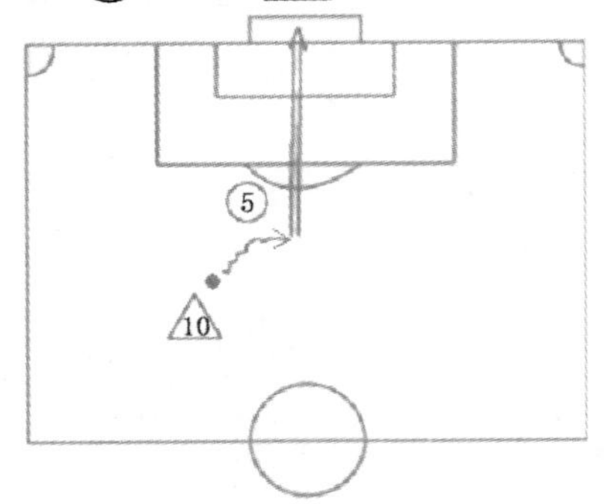

图3-3-35　个人运球突破法

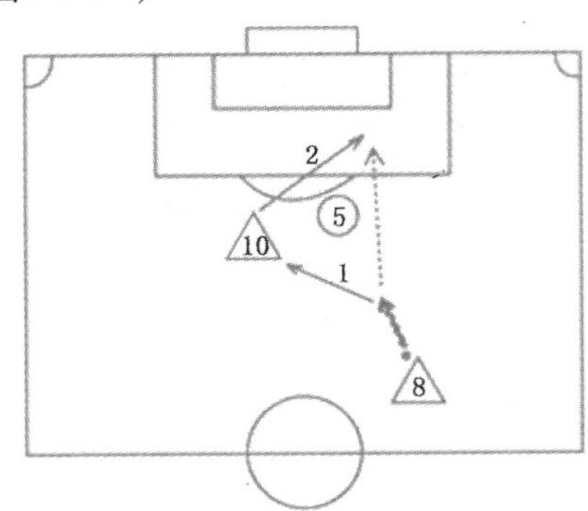

图3-3-36　踢墙式二过一配合

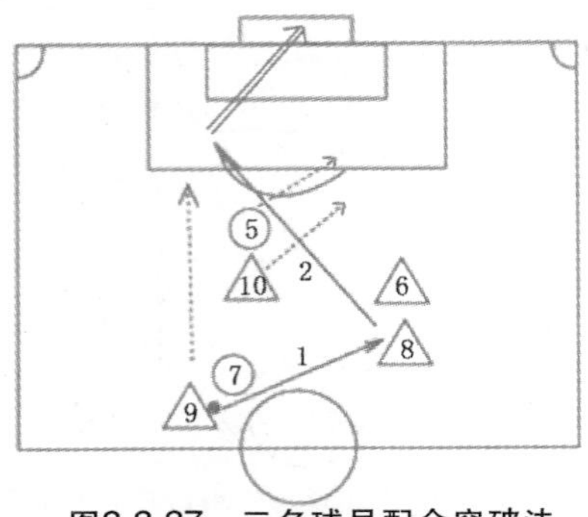

图3-3-37　三名球员配合突破法

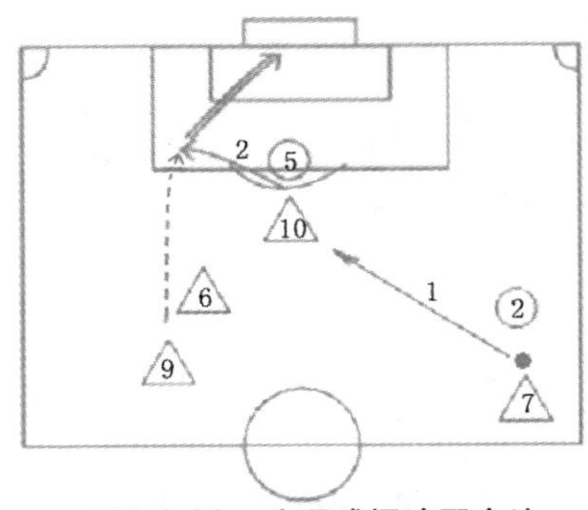

图3-3-38　头顶球摆渡配合法

5）任意球配合法：在中路罚球区附近的任意球可直接用弧线球射门，或通过二三名球员配合进行。目前大赛中，任意球是一种十分有效的破门方法。

6）中路进攻注意事项

①在罚球区附近，大胆运用个人突破，创造射门机会或制造点球。

②在中路进攻配合中，传球的时机、力量要恰到好处，切入射门要及时到位。

③在中路进攻受阻时，也可转移到边路进攻。

（3）转移进攻：转移进攻是指当边路进攻受阻时转移到中路，或中路进攻受阻时转移到边路，或边路转移到异侧边路的进攻方法。

转移进攻是通过二至三名球员之间的局部传球配合来完成的。

1）边路转移中路进攻方法：△7在边路运球过人时受阻，将球转移到位于中路的△8。（图3-3-39）

2）中路转移边路进攻方法：△8在中路进攻受阻，将球转移到从边路插上的△7。（图3-3-40）

3）边路转移异侧边路进攻方法：△7在右边路运球过人时受阻，将球传给接应前卫球员△6，△6将球转移到从左边插上的

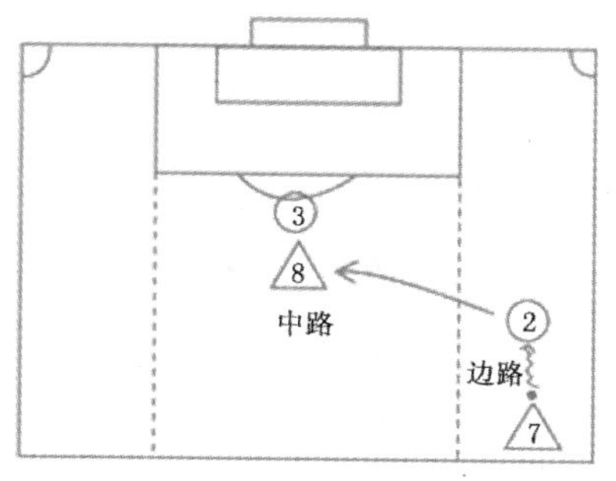

图3-3-39　边路转移中路进攻法

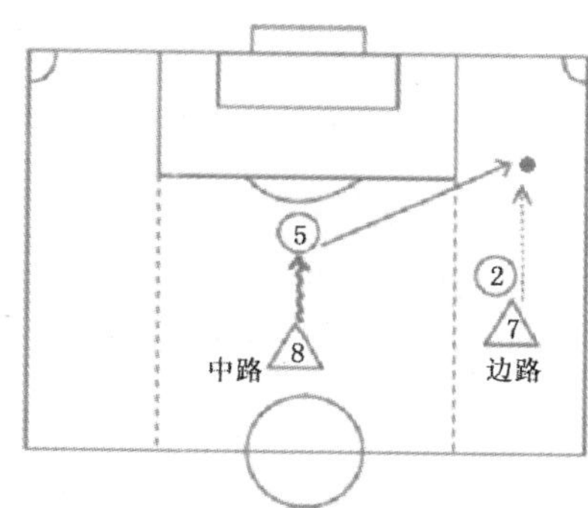

图3-3-40　中路转移边路进攻法

11。（图3-3-41）

4）转移进攻注意事项

①转移进攻时，全队思想要统一，行动要一致。

②转移进攻要有突然性与隐蔽性。

③转移进攻中，传球要及时，一般多采用中长传或斜横传球。

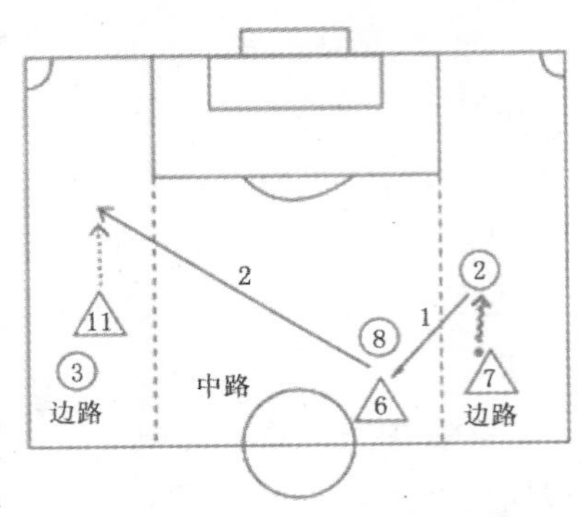

图3-3-41 边路转移异侧边路进攻法

(4) 快速反击：快速反击是指在本方中后场（图3-3-42）获得球，而对方后场又有较大空间时，球员快速将球传给插入到前场空当的本方球员的进攻配合方法。

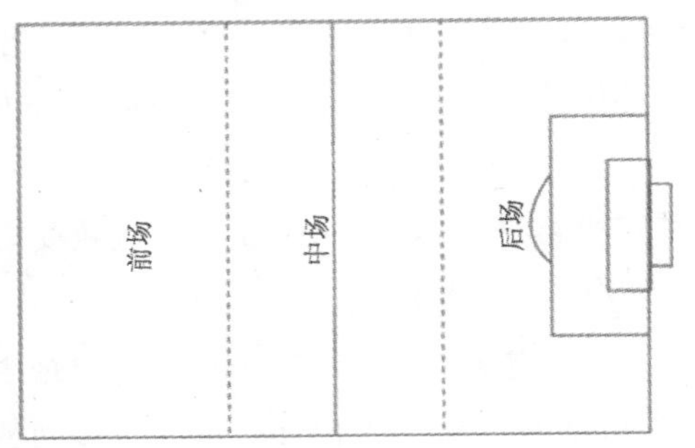

图3-3-42 本方中后场

1）后场快速反击方法：守门员 1 接到对方射门或传中球后，将球用手抛或脚踢，传给 7， 7 再将球传到罚球区前的 9， 9 运球后射门。（图3-3-43）

2）中场快速反击方法：前卫 8 在中场断球后，将球传到 7 前面的空当， 7 摆脱②防守后，带球射门。（图3-3-44）

3）前场快速反击方法： 10 在对方罚球区前，抢断下⑤传给⑥的球后，快速运球射门。（图3-3-45）

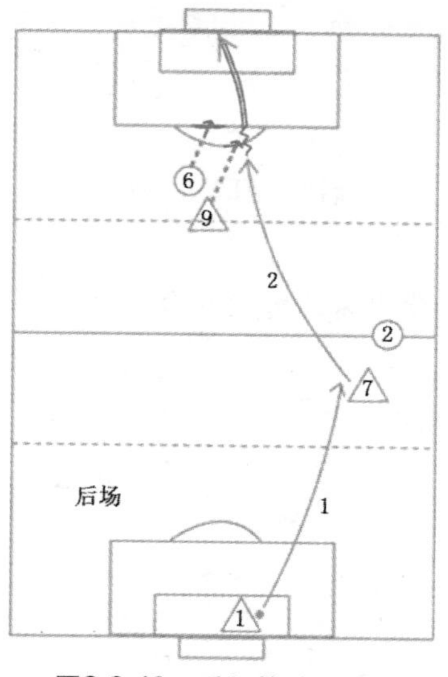

图3-3-43 后场快速反击法

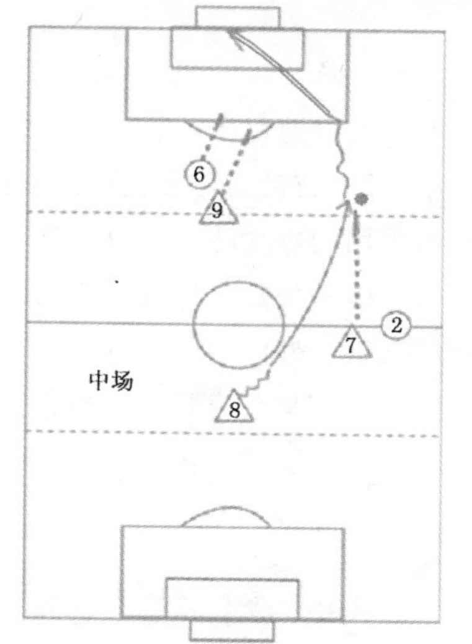

图3-3-44 中场快速反击法

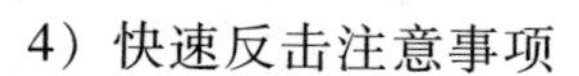

4）快速反击注意事项

①快速反击时，全队思想要一致，反击的时机是成败的关键。

②丢球要立即展开反抢，尤其在前场若抢断成功，反击威胁最大。

③快速反击多采用准确的中长传，前场也可采用个人运球突破。

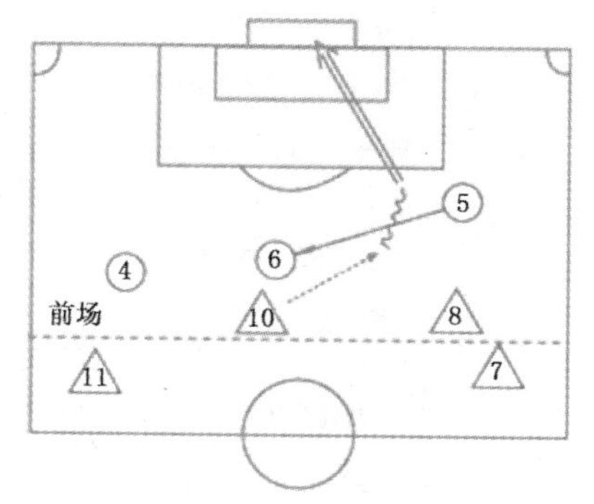

图3-3-45 前场快速反击法

（5）层次进攻与破密集防守进攻

1）层次进攻是指在对方已组织好防守队形的情况下，采用有组织、有步骤的进攻战术配合的方法。

层次进攻主要方法有边路进攻、中路进攻及转移进攻。

层次进攻中应注意场上情况的变化，选择合适的进攻方法，还要注意传球的成功率，这样才能收到预期的效果，否则易造成对手的快速反击。

2）破密集防守进攻是指在对方收缩到后场采取重守轻攻时，所采用的进攻战术配合方法。

破密集防守进攻的方法主要有连续快速的传切配合、个人运球突破、外围吊中及远射。

破密集防守进攻中应注意：全队思想上要统一，要有耐心；在进攻方法上应灵活、多变；在进攻中要积极穿插速传、快射。

（四）防守战术

防守战术是指在比赛中为阻止对方的进攻，使本方重新控制球所采取的个人防守和集体配合的方法。

防守战术包括有个人防守战术、局部防守战术及整体防守战术。

1. 个人防守战术

个人防守战术是指为了控制对手所采用的个人战术行动。它包括封堵、抢断球、选位与盯人。

（1）封堵：封堵是指防守球员用身体某一部位挡住对方的传球或射门的战术行动。封堵分为正面封堵与侧面封堵。

1）正面封堵方法：△8运球，⑤及时上前，用身体正面堵住射门角度。（图3-4-1）

2）侧面封堵方法：△7快速下底，②回追，当△7传中时，及时封堵传中球。（图3-4-2）

3）封堵防守注意事项

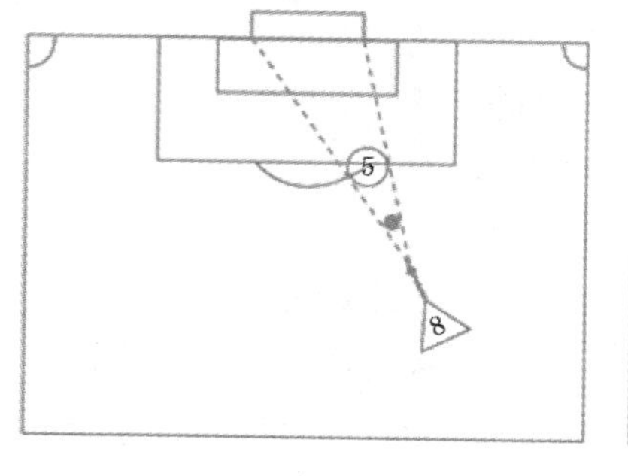

图3-4-1　正面封堵法

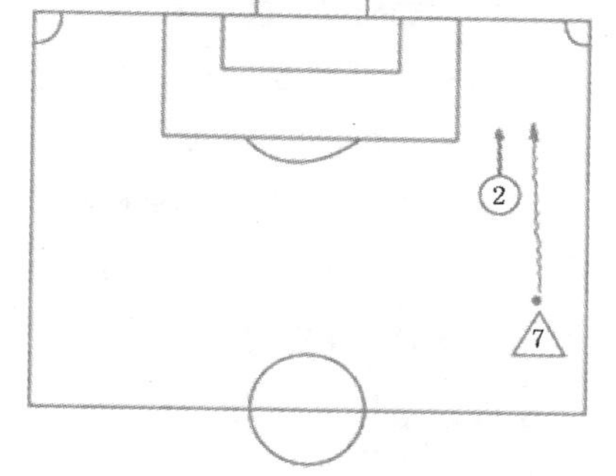

图3-4-2　侧面封堵法

①封堵时，要及时、准确、勇猛。

②封堵的角度要选正确。

（2）抢断球：抢断球包括抢球与断球两方面。抢球是指将对方控制的球抢下来；断球是指将对方的传球从途中截下来或破坏掉的战术行动。

1）抢球方法：△8运球向防守方球门逼近，在△8推球的瞬间，⑤用脚内侧将球抢下。（图3-4-3）

2）断球方法：△8将球传给△7，②抢先将球断下，发动反击。（图3-4-4）

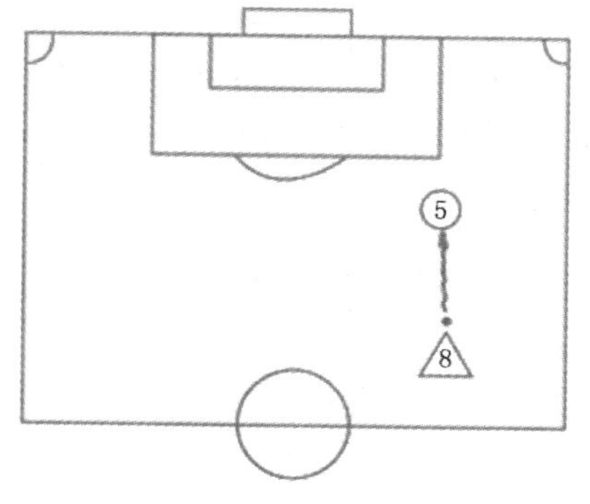

图3-4-3　抢球方法

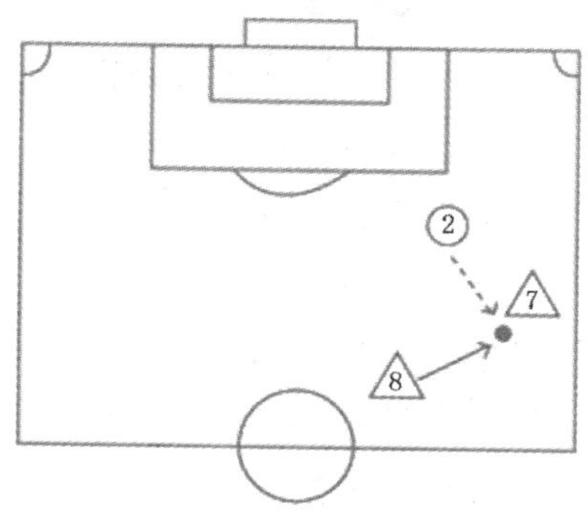

图3-4-4　断球方法

3）抢断球注意事项

①抢球时，要站稳脚跟，选准时机抢球。

②断球时，要隐蔽意图，判断准确。

③抢断球成功后，要快速组织反击。

(3) 选位与盯人：选位与盯人是个人防守战术的最重要组成部分。选位是指防守球员根据位置要求和场上情况，选择合理的防守位置。盯人是指在正确选位基础上，对防守球员进行监控的战术行动。

1）选位与盯人方法：②、④与⑥均为防守球员，分别选好站位，在对方球员△7、△11、△10前方进行盯人。（图3-4-5）

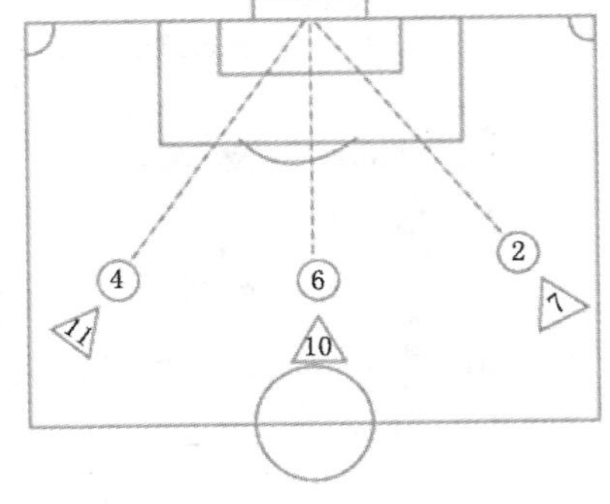

图3-4-5　选位与盯人方法

2）选位与盯人注意事项

①由攻转守，要及时选位。

②要明确各自盯人的对象。

③选位与盯人应根据场上及两方面情况灵活运用。

2. 局部防守战术

局部防守战术是指两名或两名以上防守球员之间的配合方法。它是整体防守的基础，其主要方法有保护与补位、夹击与围抢。

(1) 保护与补位：保护是指当球员在逼抢对手时，同伴从身后选择合理的位置，协防并阻止对手突破的战术行动。补位是指防守球员在同伴防守出现漏洞时，迅速采取互补的战术行动。

1）保护方法：△7持球，②盯住对方，防守球员⑤与⑥拖后，保护②球员。（图3-4-6）

2）后卫补位方法：②被△7突破后，⑤迅速补位将球断

下；与此同时，②立即回补到⑤位。（图3-4-7）

3）前卫、后卫补位方法：后卫②插上助攻失败，对方△7带球突破，这时前卫⑩及时补到②原先的防守位置上。（图3-4-8）

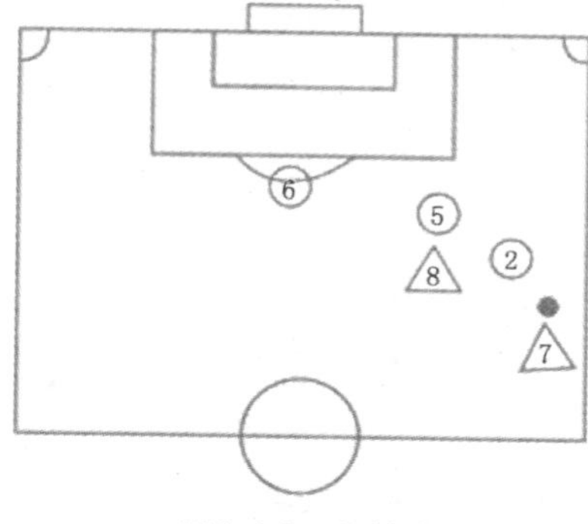

图3-4-6　保护方法

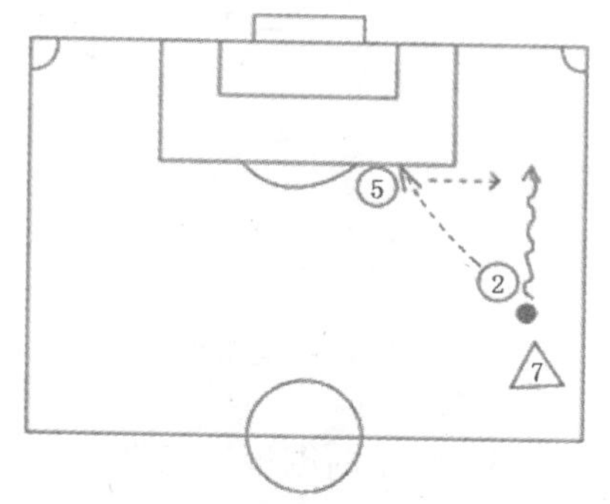

图3-4-7　后卫补位方法

4）保护与补位注意事项

①防守球员间的站位应有纵深保护关系。

②补位球员反应要快速、及时。

③保护与补位应以邻近位置为主，以保持整体防守队形。

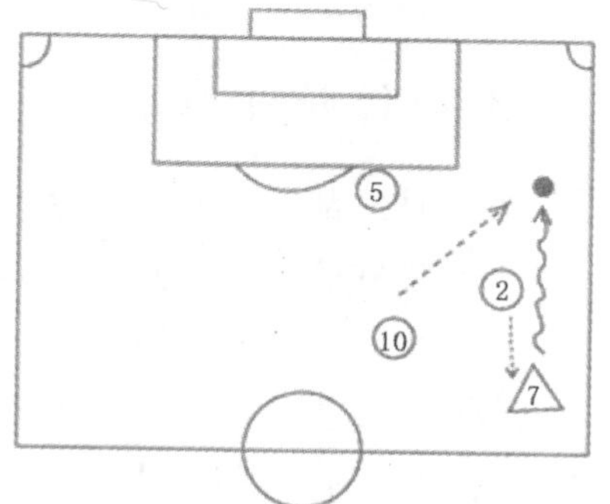

图3-4-8　前卫、后卫补位方法

（2）夹击与围抢：夹击指两名防守球员对攻方球员进行防守的行动；围抢是指两名以上防守球员对攻方持球球员进行夹击，把球抢过来或破坏掉的战术配合。

1）夹击方法：②盯住△7时，同伴⑩快速向△7靠近，进行夹击。（图3-4-9）

2）围抢方法：⑨盯住△6时，邻近位置的⑩与⑪快速

靠近$\triangle$6，进行围抢。（图3-4-10）

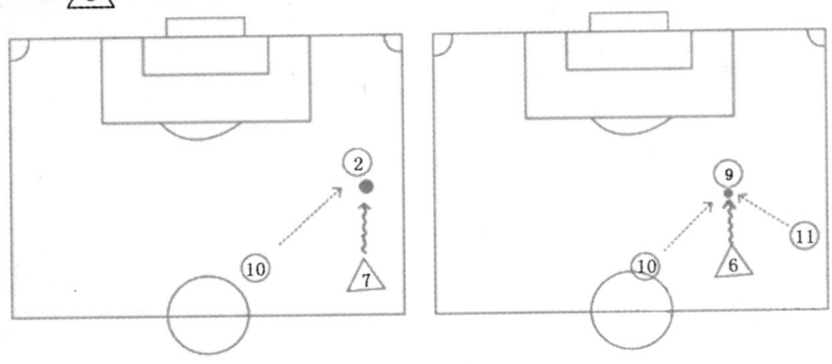

图3-4-9　夹击方法　　图3-4-10　围抢方法

3）夹击与围抢注意事项

①夹击与围抢时，思想应统一，步骤要一致。

②夹击与围抢时，应避免犯规，尤其在本方罚球区附近。

3. 整体防守战术

整体防守战术是指全队为瓦解对方进攻所采取的防守战术。

整体防守战术方法主要有区域防守、人盯人防守和混合防守。

（1）区域防守：区域防守是指由攻转守时，根据场上球员位置的分布和职责分工，每个防守球员守住一个区域，当对方球员进入该区时，进行积极防守，离开该区域时就不跟踪防守。

1）区域防守方法：防守球员②、⑤、③、④分别看住自己防守区域内的攻方球员$\triangle$7、$\triangle$8、$\triangle$10、$\triangle$11。（图3-4-11）

2）区域防守注意事项

①区域防守中，当对方球员交叉换位时，要重新明确防守对象。

②在相邻两个区域的结合部，容易造成防守漏洞，要特别注意明确分工与配合。

（2）人盯人防守：人盯人防守是指每个防守球员均有明确的

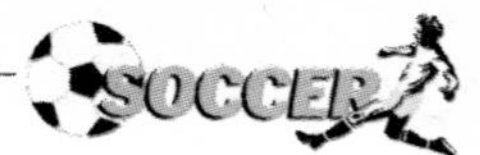

图3-4-11　区域防守方法

防守对象，对方球员跑到哪里，他必须跟到哪里。

1）人盯人防守方法：防守球员②、⑤、③、④盯住对方球员△7、△8、△10、△11，对方跑到哪里就跟到哪里。(图3-4-12)

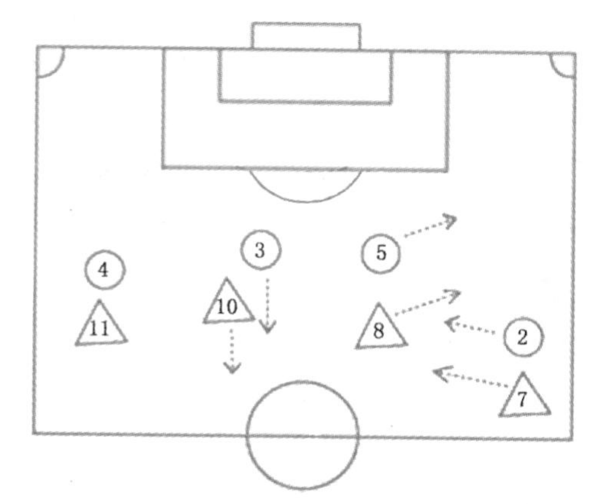

图3-4-12　人盯人防守方法

2）人盯人防守注意事项

①体能消耗大，要合理分配。

②保持好防守队形，不能乱。

(3) 混合盯人防守：混合盯人防守是盯人防守与区域防守的结合。它要求比赛中盯紧对方中场组织者或前场得分手，而其他球员进行区域防守；这样既达到盯人抢球的目的，又有互相间的保护补位，这是目前世界上较为常用的防守方法。

1)混合盯人防守方法:防守球员⑤、③与④盯紧对方△8、△10、△11；而防守球员②与⑥进行区域协防。（图3-4-13）

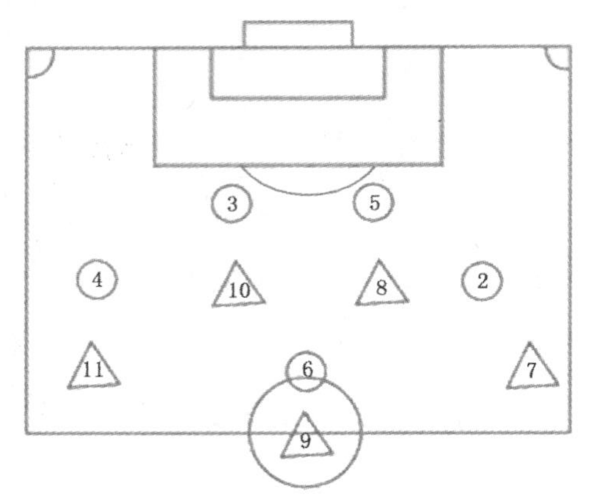

图3-4-13　混合盯人防守方法

2）混合盯人防守注意事项

①根据场上情况确定盯人的重点目标。

②区域保护时，要选好位置。

（五）定位球战术

定位球战术是指比赛开始或比赛中，死球后再恢复比赛所采用的战术配合。近几年世界各项大赛中，定位球的进球占了1/3

强，在势均力敌的比赛中决定胜负的往往靠定位球。

定位球战术包括：中圈开球、点球、球门球、任意球、角球和掷界外球。

1. 中圈开球战术

中圈开球战术是指上、下半场或比赛中进球后恢复比赛的战术配合。

（1）中圈开球进攻战术：中圈开球进攻战术中有逐步推进战术和长传突袭战术。

1）逐步推进战术：攻方球员 8 将球传向对方半场，10 接球传给 9 ，9 再传球给边前卫 7 套边。（图3-5-1）

2）长传突袭战术：攻方球员 8 将球传给 10 ，10 接球后，突然长传给沿边路插上的 7 。（图3-5-2）

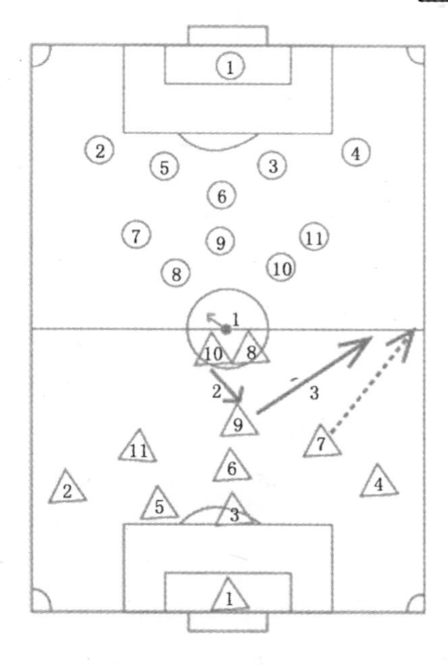

图3-5-1　逐步推进战术

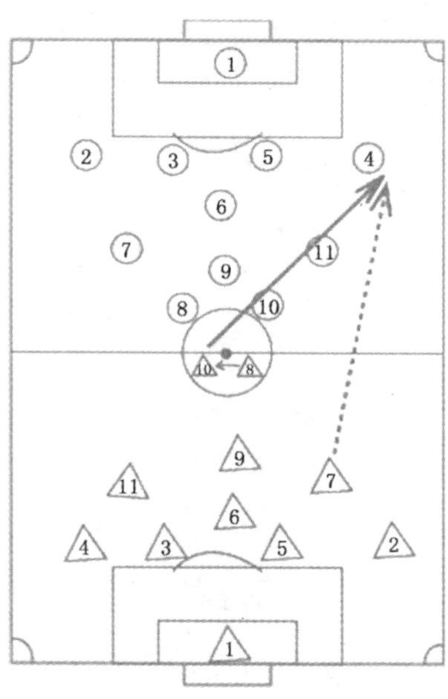

图3-5-2　长传突袭战术

（2）中圈开球防守战术：在攻方开球时，守方思想要集中，保持好三条线距离，既注意对方长传突袭，又要争取从对方逐步推进中夺回控球权。

2. 球点球战术

守方球员在本方罚球区内被判罚直接任意球时，就由攻方球员踢球点球。如果比赛在规定时间内难分胜负，也必须由踢球点球决出胜负。由于球点球进球率高达80%，因此球点球战术越来越受到各国球员的重视。

（1）球点球进攻战术：球员在罚球点球时，要用最有把握的脚法射上角或下角，射的数字越高越是最佳射球区域。（图3-5-3）

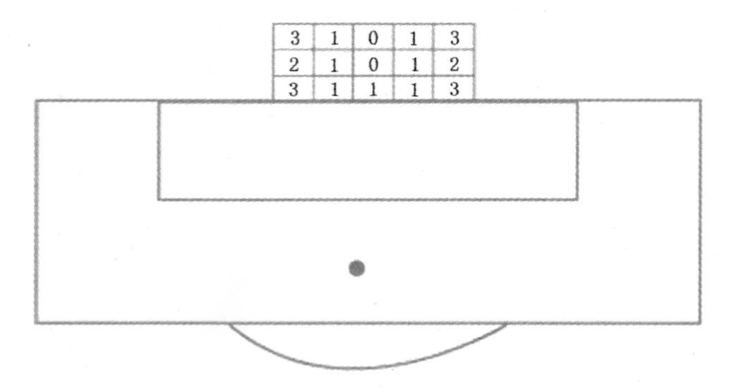

图3-5-3　球点球进攻战术

（2）球点球防守战术

1）守门员气势上压倒对方，用假动作扑向一侧。

2）其他球员严密注视，球点球射出后视情况进行二次防守。

3. 球门球战术

当攻方将球踢出球门线时，由守方踢球门球。通过踢球门球发动进攻，也是最常见的进攻方法。

(1) 球门球进攻战术

1) 直接长传进攻战术：攻方守门员△1将球直接长传给△8。(图3-5-4)

2) 短传配合进攻战术：攻方守门员△1将球传给△2，△2传给△7，进行配合进攻。(图3-5-5)

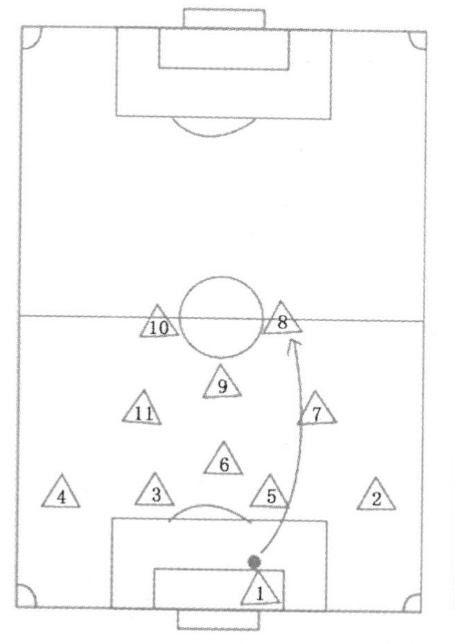

图3-5-4　直接长传进攻战术

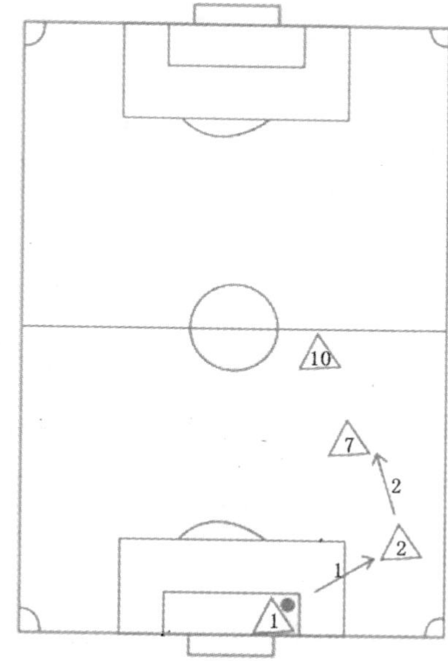

图3-5-5　短传配合进攻战术

(2) 球门球防守战术

1) 守方后场球员要严密盯防自己防守的球员，争夺第一落点。

2) 守方前场球员要积极干扰、封堵对方短传配合。

4. 任意球战术

任意球战术是指在比赛中因球员犯规，在犯规地点恢复比赛时所采用的战术。它包括有直接任意球战术与间接任意球战术。

(1) 任意球进攻战术：任意球进攻战术分为直接射门和配合

射门两种。

1）直接射门：攻方球员△8用右脚脚背外侧或左脚脚背内侧，踢出弧线球绕过人墙，或踢出越过人墙的侧下旋弧线球射门。（图3-5-6）

2）配合射门：当射门角度较小时，常采用配合方法进攻。攻方球员△7将球传到△10或△8前的区域，进行配合射门。（图3-5-7）

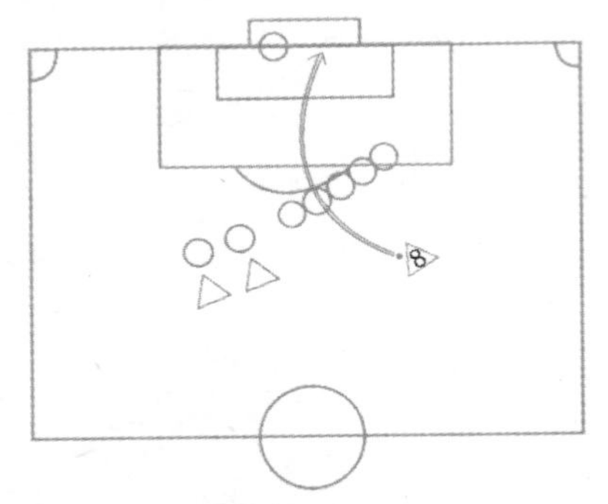

图3-5-6　任意球直接射门

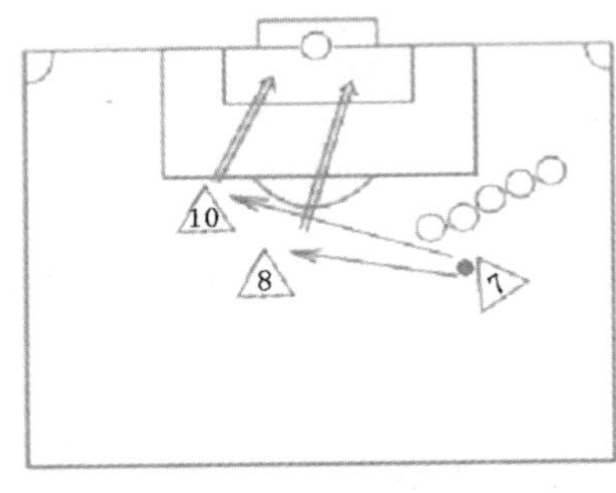

图3-5-7　任意球配合射门

（2）任意球防守战术

1）设置人墙：若对方射门角度较小，设置2~3名球员；若在罚球弧附近，应设置5~6名球员。（图3-5-8）

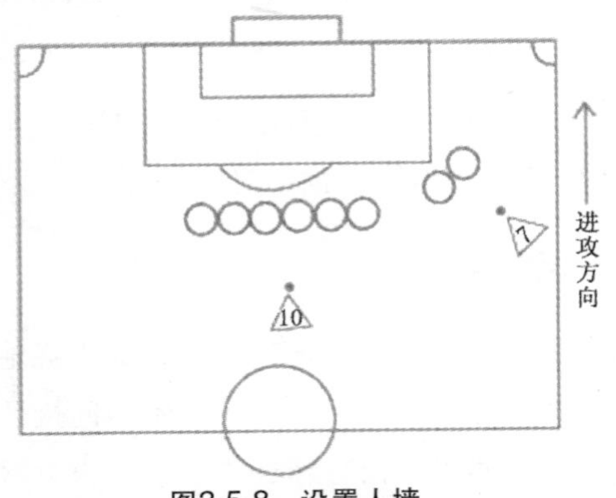

图3-5-8　设置人墙

2）其他球员防守：在人墙排好后，其余球员应积极回防，看住相应的攻方球员，不要出现漏人现象。

（3）任意球攻防注意事项

1）任意球配合射门

①传球次数尽量少，最好经过一两次传球即射门。

②利用假跑等假动作，迷惑对方，避开人墙。

③及时传球，插上球员不要越位。

2）任意球防守

①除守门员外，其余防守球员均不得站在人墙后面。

②排人墙要靠紧，不要轻易散开，防止球穿过人墙而进门。

5. 角球战术

角球进球率较高，罚角球可以直接射门得分，同时攻方球员没有越位犯规。反过来，组织好对角球的防守，对保住胜果也意义重大。

（1）角球进攻战术：角球进攻战术包括了利用弧线球直接射门、长传到威胁区域射门和中短传战术配合射门三种。

1）利用弧线球直接射门：攻方球员△7或△11用弧线球直接攻击球门上角区域。（图3-5-9）

2）长传到威胁区域射门：攻方球员△7或△11直接将球传到威胁区，由同队球员射门。（图3-5-10）

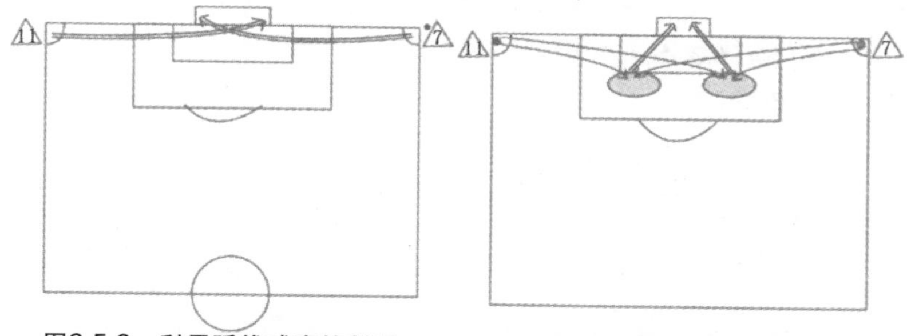

图3-5-9　利用弧线球直接射门　　图3-5-10　长传到威胁区域射门

3）中短传战术配合射门：攻方球员△7将角球传给拉出来接应的△8，△8回传给△2，由△2传给△10射门。（图3-5-11）

（2）角球防守战术：守门员站在球门中间偏后一点，离球门线外约1米处，第一门柱站一名后卫；其余防守球员盯好各自对手；争取顶好第一落点球，同时全队迅速压上，保持好防守队形。（图3-5-12）

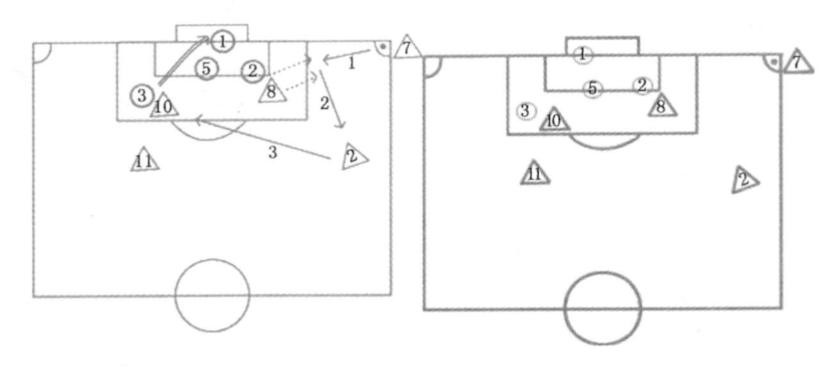

图3-5-11　中短传战术配合射门　　　图3-5-12　角球防守战术

（3）角球攻防注意事项

1）角球进攻

①包抄攻门时，要分工明确，注意点面结合。

②罚球区内外部署适当球员，保持连续进攻层次。

③传弧线球速度要快，落点要准。

2）角球防守

①注意力集中，分工明确。

②防守球员要始终站在球、对手和球门之间。

③守方解围后，应全队快速压上。

6. 掷界外球战术

每场比赛中掷界外球次数不少，组织好界外球的进攻与防守也是比赛取胜的重要环节。尤其在前场掷界外球时，不受越位规则限制，威胁很大。

（1）掷界外球进攻战术

1）直接掷到对方罚球区内：攻方球员△7在前场直接将球掷到对方罚球区内的△8，由△8头球攻门或摆渡射门。（图3-5-13）

2）跑位配合掷球：攻方球员△7将球掷到由于△8回接所拉出来的空当，△10迅速插上拿球。（图3-5-14）

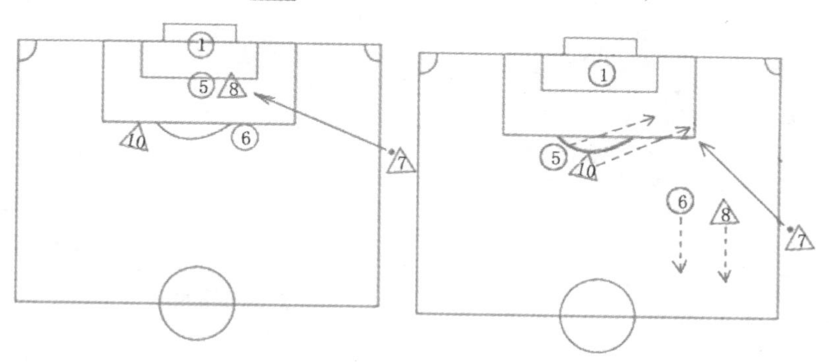

图3-5-13　直接掷到对方罚球区内　　　图3-5-14　跑位配合掷球

（2）掷界外球防守战术：对方掷界外球时，邻近球员注意力要集中，盯紧对方球员；当对方交叉换位时，要互相保护，防止对方球员切入身后空当拿球。

（3）掷界外球攻防注意事项

1）掷界外球进攻

①快速掷球给无人盯防的同队球员。

②掷好球，使同伴容易控球、接球。

③接球者摆脱要突然，一般由边后卫、边前卫等边路球员掷

球为好。

2）掷界外球防守

①防守球员注意力集中，扩大视野，相互保护。

②靠近掷球者的球员可进行干扰，但不要犯规。

Football

四、足球竞赛规则与裁判法

（一）足球竞赛工作

足球竞赛工作包括选择合理的竞赛种类、根据主客观条件确定赛制以及竞赛的组织工作等。

1. 足球竞赛种类

（1）根据不同目的可分为联赛、杯赛、选拔赛、对抗赛、邀请赛、表演赛、义赛等。

（2）根据年龄、职业、系统可分为儿童、少年、青年足球赛；工矿、村镇、学校、企业、机关足球赛等。

（3）按场上人数与方法不同，又可分为11人制、7人制、5人制、4人制与3人制。

2. 竞赛制度、编排与成绩计算

（1）竞赛制度是指在竞赛活动中确定参赛队名次的方法、体系。足球比赛中常用的赛制有循环制、淘汰制和混合制三种编排方法。

（2）循环制：包括单循环、双循环和分组循环三种。

1）单循环：单循环比赛总场数=参加比赛队数×（参赛队数–1）÷2。

单循环比赛轮次计算：如参赛球员是单数，则比赛轮数等于参赛队数；如参赛队数是双数，则比赛轮次等于参赛队数减1。

例如：有5个队参加比赛

比赛总场数=5×（5–1）÷2=10场

比赛轮数=5

又如：有8个队参加比赛

比赛总场数=8×（8-1）÷2=28场

比赛轮数=7

比赛轮次表的排列：不论参赛队是奇数还是偶数，一律按偶数排列。如果是奇数，用一个“0”号代表一个队，使之变成偶数，各队碰到“0”号队时，即为轮空队。

编排时先以号数代表球队，将其平均分为两半，前一半号数由1号起自上而下写在左边，后一半号数自下而上写在右边，然后再把相对的号数用横线连接起来，这就是第一轮的比赛。轮转的方法有逆时针轮转法和顺时针轮转法两种。

一般参赛队是偶数时，“1”号位固定不变，其他位置每轮按逆时针方向转一个位置，即可排出各轮比赛的顺序来。（表4-1-1）

表4-1-1　单循环偶数逆时针轮次表

第一轮	第二轮	第三轮	第四轮	第五轮
1-6	1-5	1-4	1-3	1-2
2-5	6-4	5-3	4-2	3-6
3-4	2-3	6-2	5-6	4-5

若参赛队是奇数时，“0”号位固定不变，其他位置每轮按顺时针方向转一个位置，即可排出各轮比赛的顺序来。（表4-1-2）

表4-1-2　单循环奇数顺时针轮次法

第一轮	第二轮	第三轮	第四轮	第五轮
1-0	2-0	3-0	4-0	5-0
2-5	3-1	4-2	5-3	1-4
3-4	4-5	5-1	1-2	2-3

轮次排出后还应确定各参赛队的相应签号，编排出日程表。编排日程表应考虑到每两轮比赛之间休息时间要大致一样，如有同一地区或同一单位两个队参赛应安排在第一轮先打。

2）双循环：双循环就是进行两次单循环，所有参赛队相遇两次，最后按各队在全部比赛中的成绩来决定名次。

双循环可分为集中赛会制和主客场赛会制两种形式。在编排上没有区别，均以单循环为基础。两次循环赛的顺序可以相同，也可以按需要改变第二循环的赛序，实际上两次赛序相同的为多。

例如：5个队双循环的不同赛序，第一循环以右上角“0”号定位逆时针轮转，第二循环以左上角“0”号定位顺时针轮转。（表4-1-3）

表4-1-3　双循环不同赛序轮转表

赛　序	第一轮	第二轮	第三轮	第四轮	第五轮
第一循环	1-0	2-0	3-0	4-0	5-0
	2-5	3-1	4-2	5-3	1-4
	3-4	4-5	5-1	1-2	2-3
第二循环	0-5	0-4	0-3	0-2	0-1
	1-4	5-3	4-2	3-1	2-5
	2-3	1-2	5-1	4-5	3-4

3）分组循环：将所有参赛队分成若干组，先通过循环决出各组名次，然后再按竞赛规程中的规定进行下一阶段的比赛。

在编排中为了使分组较为合理，一般采用种子队分组法或蛇行排列分组法。

①种子队分组法：种子队应在领队会上，根据参赛队水平或上届比赛名次来商定，种子队数应与分组数相同或是分组数的倍

数。第一步先把种子队抽签分到各组中去，然后再用抽签的方法确定其他各队所在的各组位置。8支队分成两组可设两支种子队。如16支队分成四组，每组就有两支种子队，应把第一名种子队与最后一名种子队编在一个组内，第二名种子队与倒数第二名种子队编在一个组内，依此类推。（表4-1-4）

表4-1-4　种子队分组编排法

第一组	第三组	第三组	第四组
1	2	3	4
/	/	/	/
/	/	/	/
8	7	6	5

②蛇行排列分组法：蛇行排列分组的编排是按上届的名次进行的。例如：有12支队参加，分成3组，编排如下。（表4-1-5）

表4-1-5　蛇行编排法

第一组	1	6	7	12
第二组	2	5	8	11
第三组	3	4	9	10

分组循环比赛的总场次等于每组比赛的场数之和。

循环制比赛的计分方法：循环制比赛的计分方法必须在竞赛规程中明确加以规定。目前国际足联常规的计分法是采用3分制。我国中超、中甲等联赛计分方法也是3分制。

①每队胜一场得3分，平一场得1分，负一场得0分。以全部比赛积分的多少来决定名次，积分多者列前。

②全部比赛结束时，两队或两队以上积分相等的，则按以下顺序来决定名次的前后：

·积分相等队之间的比赛胜负以净胜球、进球总和来决定名次，多者名次列前；

·整个比赛中，净胜球多者；

·整个比赛中，进球总和多者；

·抽签胜者。

（3）淘汰制：淘汰制又分为单淘汰、双淘汰。在比赛中失败一次即失去比赛资格的方法称为单淘汰制；失败两次即失去比赛资格的方法称为双淘汰。

1）单淘汰：单淘汰比赛总场数=参赛队数-1

单淘汰比赛轮次：如参赛队数等于2的乘方数，则比赛轮次等于2的指数；如参赛队不是2的乘方数，则比赛轮数略大于参赛队数2的指数。

例如：5支队参赛，总场数为5-1=4。轮次是略大于5的2的乘方数，因8是2的3次方，所以比赛轮次是3轮。这样，第一轮②⑥⑦为轮空位置，故1、5、8为轮空队。（图4-1-1）

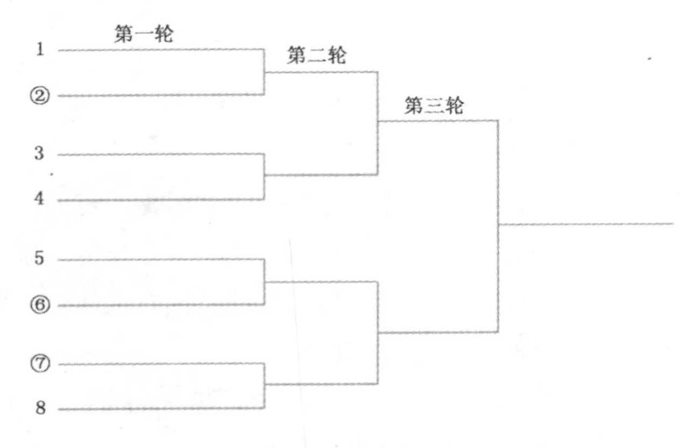

图4-1-1　单淘汰比赛轮次图一

又如，8支队参赛，总场数为8−1=7。轮次因8是2的3次方，所以比赛轮次为3轮。（图4-1-2）

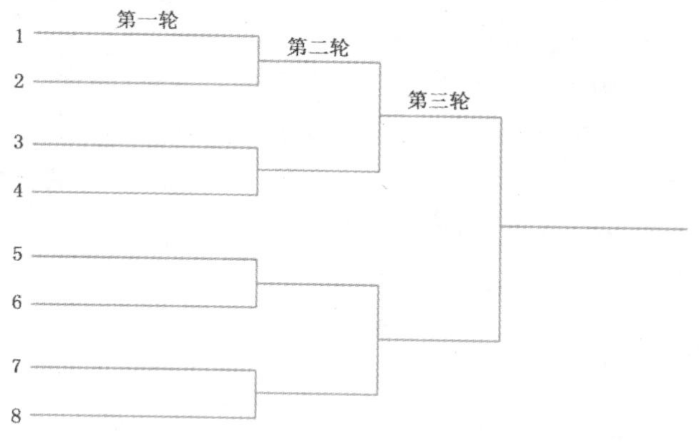

图4-1-2　单淘汰比赛轮次图二

轮空队的编排：如果参赛队是2的乘方数（4、8、16、32），则第一轮没有轮空。如参赛队不是2的乘方数，则第一轮有部分队要轮空。

轮空队数等于或略大于参赛队数的2的乘方数减去参赛队数。根据淘汰制的特点，为了较准确地反映比赛的实际水平，实力较强的队较晚相遇，要将轮空位置安排在种子队旁边。

为编排方便，在一般不超过32支队的情况下，可按下列轮空位置安排。（表4-1-6）

查表时，可用略大于参赛队的2的乘方数作为最大位置号数，

表4-1-6　轮空位置表

	选择顺序 （由上排至下排、由左向右）
位置号码	2　31　18　15　10　23　26　7 6　27　22　11　14　19　30　3

再根据轮空队数，在轮空位置表上由左向右，由上排到下排，依次找出小于或等于最大位置号数，这就是轮空位置。与轮空位置相遇的队就是第一轮的轮空队。

例如，10支队参加比赛，稍大于10支队的2的乘方数是16，所以轮空队为16–10=6。按轮空位置表由左至右，由上排到下排，即第一轮轮空位置依次是2、15、10、7、6、11。这样，与2、15、10、7、6、11相遇的队就是第一轮的轮空队。（图4-1-3）

图4-1-3　单淘汰比赛轮空图

种子队的编排：先确定好种子队，再将种子队合理分布到各个区内。第一轮应先安排种子队轮空，而后让非种子队抽签。为了方便编排，仍用32支队进行选择，可在下列种子队位置表中查出其合理位置。（表4-1-7）

查表时，按比赛所设种子队数，在种子队位置表上由左向右

表 4-1-7　种子队位置表

	选择顺序（由左向右）
位置号码	1　32　17　16　9　24　25　8

依次找出小于或等于最大位置号数，这就是种子队的位置。

例如，有14支队参赛，设4支种子队。首先，要使比赛队略大于14支队的2的乘方数即16。再由左向右，从表中可依次找出1、16、9、8为小于或等于最大位置号数，即为种子队的位置。

由于设4支种子队而只有2个轮空位置，因此有2支种子队在第一轮就得参加比赛，这可通过抽签来决定。（图4-1-4）

图4-1-4　单淘汰比赛种子队轮空位置图

2）双淘汰：双淘汰总场数=（参赛队数-1）×2

双淘汰编排方法与单淘汰基本相同。当进入第二轮后，把取胜队与失败队编在上、下两个半区。若最后决赛两个队各胜一场，还必须再加赛一场决定冠军。（图4-1-5）

例如：8支队进行双循环，具体编排如下。

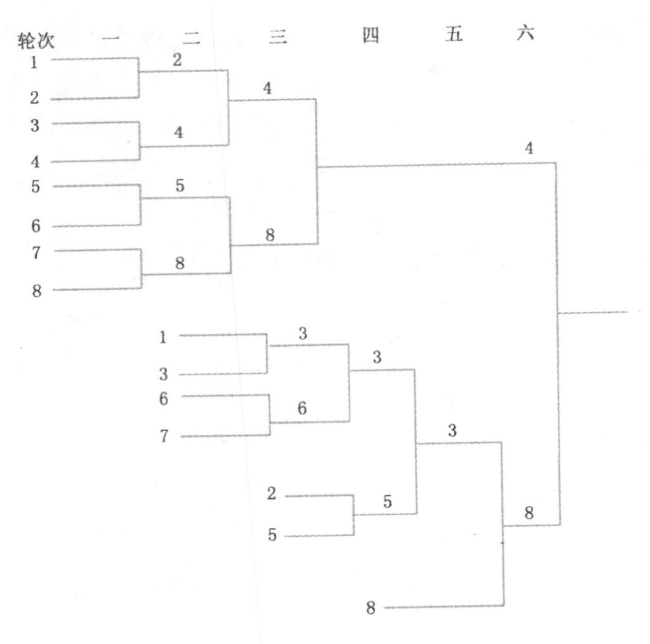

图4-1-5　双淘汰比赛轮次图

（4）混合制：混合制是将一次竞赛分为两个阶段进行。第一阶段采用循环赛，第二阶段采用淘汰赛；或者第一阶段采用淘汰赛，第二阶段采用循环赛。较为科学的方法是先循环后淘汰的混合制。例如，第17届世界杯足球赛就是采用第一种方法，各小组先进行单循环赛，决出各组名次后，再进入第二阶段的淘汰赛，最后将两组的第一、二名进行交叉赛，即A组第一名对B组第二名，B组第一名对A组第二名，然后两组的胜者再进行决赛，胜者冠军，负者亚军。若要排出第三、四名，则两组的负者再进行附加赛，胜者为第三名，负者为第四名。如有需要，各组的第三、四名也可采用同样的办法决出第五名至第八名。若有4组以上更多的队参加第二阶段的淘汰赛，则可用相邻组进行相邻交叉或隔组交叉比赛的方法。

除此之外，也可以将第一阶段分组单循环决出的名次，在第二阶段淘汰赛时按同名次进行比赛，从而决出相应的名次。

3. 足球竞赛的组织工作

足球竞赛组织工作可分为竞赛前筹备工作、竞赛期间工作和竞赛结束工作。

（1）竞赛前筹备工作

1）成立组织委员会。

2）确定组织方案。

3）制定竞赛规程。

4）制定工作计划。

（2）竞赛期间工作

1）竞赛期间加强思想工作，正确对待胜负。

2）公布成绩。

3）场地保安、后勤的有序工作。

4）各部门与各队多联系，及时解决发生的问题。

（3）竞赛结束工作

1）组织闭幕式，作好大会总结工作。

2）安排各队离会有关事宜。

3）向主管部门汇报工作。

（二）竞赛规则与裁判法

足球竞赛规则是指比赛双方所共同遵守的规章制度。

现代足球统一的竞赛规则产生于1863年10月26日，当时是以英格兰剑桥大学流行的14条简单规则为蓝本。在经过一百多年的实践后，逐步完善，已发展到现在的17章（139条）之多。足球竞赛规则的精神实质有下面四条：

第一，保护双方运动员。

第二，促进技战术的发展。

第三，体现对等原则。

第四，提高观赏性。

裁判方法则是裁判员根据竞赛规则各条款的要求，本着公正的原则进行工作的方法。

1. 竞赛规则简介

(1) 比赛时间：正式比赛为90分钟，分上半时、下半时，每半时各45分钟，中间休息不超过15分钟。

(2) 挑边与开球：比赛开始前，裁判员召集双方队长用掷币方式进行挑边，猜中者选择场区，另一队开球。开球者不能连踢，开球可直接射门得分。

(3) 比赛进行或死球：无论球从地面或空中全部越过球门线或边线时，比赛被裁判员停止则为死球；除此之外，比赛均在进行中。

(4) 计算方法：当球的整体从球门柱与横梁下越过球门线，即为进球得分。

（5）越位

1）越位位置：球员比球和对方最后第二名球员更接近于对方球门线，该球员则处于越位位置。如在本方半场，或齐平于最后第二名对方球员，或齐平于最后两名对方球员的则不处于越位位置。（图4-2-1）

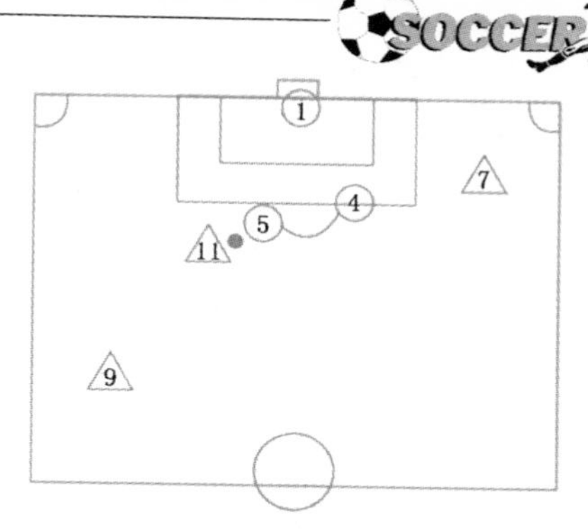

图4-2-1　越位位置

2）越位犯规：处于越位位置的球员，在同队球员踢或触及球的一瞬间，裁判员认为该球员干扰比赛，干扰对方球员，或利用越位位置获得利益，则被判越位犯规。（图4-2-2）

3）没有越位犯规：如果球员不在越位位置接到同队球员传来的球门球、掷界外球、角球，则没有越位犯规。（图4-2-3）

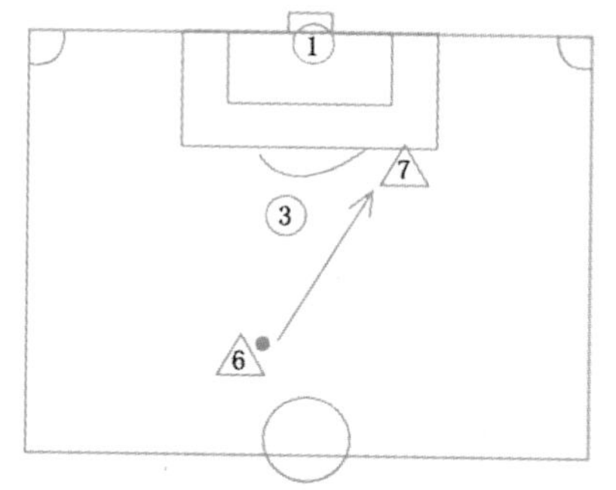

图4-2-2　越位犯规

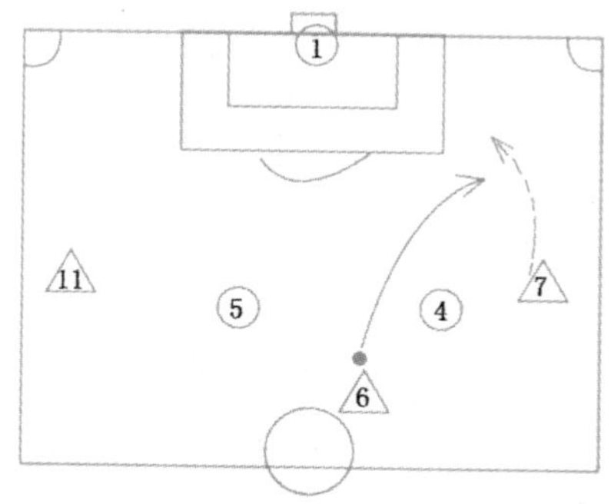

图4-2-3　没有越位犯规

（6）犯规与不正当行为：足球运动是一项竞争激烈的体育项目，比赛中球员经常发生身体接触与冲撞。为此，裁判员应很好区别：勇猛顽强与粗野动作、合理动作与故意犯规、良好风格与不正当行为，对犯规与不正当行为进行判罚。

1）直接任意球：比赛中球员如果违反下列10条中任何一条均要被判罚直接任意球，如果在罚球区则应被判罚点球。

①踢或企图踢对方球员。

②绊摔或企图绊摔对方球员。

③跳向对方球员。

④冲撞对方球员。

⑤打或企图打对方球员。

⑥推对方球员。

⑦为了得到对球的控制而抢截对方球时，于触球前触及对方球员。

⑧拉扯对方球员。

⑨向对方球员吐唾沫。

⑩故意手球。

2）间接任意球：如果守门员在本方罚球区内违反下列4条规定中任何一条，将被判间接任意球。

①用手控球后在发出球之前持球超过6秒。

②在发出球后未经其他球员触及，再次手触球。

③用手触及同队球员故意踢给他的球。

④用手触及同队球员直接掷入的界外球。

如果球员动作具有危险性，阻挡对方球员，阻挡对方守门员从其手中发球，以及因规则未提及的任何其他犯规而停止比赛，被警告或罚令出场的也应被判间接任意球。

3）警告与罚出场：球员违反下列7条中任何一条，将被示黄牌警告。

①犯有非体育道德行为。

②以语言或行动表示异议。

③持续违反规则。

④延误比赛重新开始。

⑤当以角球或任意球重新开始比赛时，不退出规定的距离。

⑥未经裁判员许可进入或重新进入比赛场地。

⑦未得到裁判员许可故意离开比赛场地。

球员违反下列7条中任何一条，将被示红牌而罚出场：

①严重犯规。

②暴力行动。

③向对方或其他任何人吐唾沫。

④故意手球破坏对方的进球或是明显进球的得分机会。

⑤用可判为任意球或球点球的犯规，破坏对方向球门移动的明显的进球得分机会。

⑥使用无礼、侮辱性或辱骂性的语言及动作。

⑦同一场比赛中得到第二次警告。

(7) 定位球：包括任意球、球点球、掷界外球、球门球与角球。

1）任意球：分为直接踢入对方球门得分的直接任意球与进门前触及另一名球员才算得分的间接任意球。

罚任意球时应注意：

①对方球员须距球至少9.15米。

②球一被踢并移动，比赛即为开始。

③主踢球员不得连踢，否则由对方踢间接任意球。

球员在本方罚球区内踢任意球时，如果球未出罚球区前被任何球员触及或直接从本方罚球区的球门线出界，均应重踢任意球。如果直接从罚球区外球门线出界，由对方踢角球。如果踢间接任意球时，一名球员触球后球未移动，同队另一球员直接射入对方球门，则由对方踢球门球恢复比赛。

2）球点球：比赛中，球员在本方罚球区内故意违反可判为直接任意球的10条犯规中的任何一条，均应被罚球点球。球点球

可直接射门得分。

罚球点球时，球应放在罚球点上，明确主罚球员、守方守门员在球被踢出前应面对主罚球员，站在两门柱间的球门线上，除主罚球员和守门员外，其他球员均应站在罚球区外，罚球点球，至少距球9.15米。

主罚球员必须将球踢向前，当球被踢并向前移动时即为开始，主罚球员在球被踢出后未经其他球员触及不得再次触球，否则为“连踢”犯规，由对方在犯规地点踢间接任意球。

当上半场及全场比赛结束或延长时间执行罚球点球或重罚球点球时，球直接进门或出界、球触守门员进入球门、球触门柱或横梁进入球门、球连续触及门柱、横梁和守门员后进入球门、球被守门员接住、球触门柱或横梁弹回场内等情况均应结束比赛。

执行罚球点球时，在裁判员鸣哨后比赛恢复前，主罚球员违反比赛规则或攻方其他球员过早进入罚球区、或罚球弧、或在罚球点球前，罚球应继续进行，罚中无效，应重罚。如未罚中，球直接出界，由对方踢球门球。球触守门员、横梁、门柱弹回场内未进球时，若是主罚球员犯规，则停止比赛，并在犯规地点由对方踢间接任意球。如在延长时间出现这种情况，则比赛立即结束。

执行罚球点球时，在裁判员鸣哨后比赛恢复前，守方守门员违反比赛规则或守方其他球员过早进入罚球区、或罚球弧、或在罚球点球前，罚球应继续进行，罚中有效，罚不中，应重罚。

执行罚球点球时，在裁判员鸣哨后比赛恢复前，攻守双方球员违反比赛规则，无论球是否罚中，均应重罚。

在比赛中或延长时间执行罚球点球时，球被踢出后在运行中被外来因素阻止时，应重罚球点球。

执行罚球点球时，如守门员拒不守门，出于对裁判员判罚不满，则应被警告；经警告后仍拒不守门，可罚令出场。

如比赛双方踢成平局，以互罚球点球决定胜负时，有球员离开场地拒不参加罚球决胜，裁判员应终止比赛；随后向主办单位报告。

3）掷界外球：当球的整体越出边线时由最后触球的对方球员在球出界处，面向场内，掷界外球恢复比赛。掷界外球不能直接得分，如直接掷入对方球门，由对方踢球门球，掷入本方球门，由对方踢角球。

掷界外球时，两脚任何一脚均应站在边线上或边线外的地上；用双手将球从头后经头顶掷出，掷球球员在其他球员触球前，不得再次触球。

掷界外球以合法的动作故意掷击对方球员是犯规行为，应由对方在犯规接触点罚直接任意球。

4）球门球：当球的整体被攻方球员踢或碰出球门线时，由守方在球门区内踢球门球恢复比赛，踢球门球可直接得分。

踢球门球时，对方球员在球被踢出罚球区前应站在罚球区外；当球直接踢出罚球区进入场区时，比赛即恢复进行。

踢球门球后，球未直接踢出罚球区或双方球员在罚球区内触球，应重踢。当球员将球踢出罚球区，比赛恢复后，未经场上其他球员触及，该球员两次触球，即为连踢犯规，判间接任意球。

踢球门球时，球员不得故意延误比赛时间，否则应被警告。

5）角球：当球的整体由守方球员踢或触及出底线外时，由攻方在离球最近的角球弧里踢角球恢复比赛。角球可以直接得分。

踢角球时，不得移动角旗杆，守方应距球9.15米，踢角球球员不得连踢，否则应被判间接任意球。

踢角球时，球击中门柱、横梁或场上裁判员而弹回场内，该球员不能补射或传球；否则应被判连踢犯规。

踢角球时，攻方球员可站在守门员前面，但不能故意阻挡守门员，否则犯规。

2. 裁判法

足球赛场上除了两支激战犹酣的球队外，还有一支颇引人注目的队伍——即由一名裁判员与两名活动在边线上的助跑裁判员和端坐在中线外的一名第四官员，他们共同履行着执法的任务，人们把他们称为足球场上的第三支队伍。裁判员与助理裁判员及第四官员在工作中互相配合的方法叫裁判法。

（1）裁判员、助理裁判员、第四官员的职责

1）裁判员职责：他具有全部权力，执行与比赛有关的规则。

①执行竞赛规则。

②与助理裁判员及第四官员一起控制比赛。

③确保比赛用球符合要求。

④记录比赛时间与成绩。

⑤因违反规则，决定停止、推迟或终止比赛。

⑥因外界干扰，决定停止、推迟或终止比赛。

⑦认为球员受伤严重，决定停止比赛，并确保将其移出比赛场地。

⑧认为球员仅受轻伤，决定比赛继续进行。

⑨确保因受伤流血的球员离开场地。该球员经护理后已止血，在得到裁判员信号后方可重回赛场。

⑩当一个队犯规而根据“有利”条款能获利时，决定比赛继续进行。如预期的“有利”在那一刻没有发生时，则判最初的犯规。

⑪当球员同时出现一种以上犯规时，则对较严重的犯规进行处罚。

⑫裁判员可以不必立即向被警告和罚令出场的球员进行处罚，但当比赛成死球时必须执行处罚。

⑬向对自己不负责任的球队官员进行处罚，并可视情节轻重

程度，将其驱逐出比赛场地及周围地区。

⑭对自己未看到的情况，可根据助理裁判员的意见进行判罚。

⑮确保未经批准人员不得进入比赛场地的规定。

⑯比赛停止后决定重新开始比赛。

⑰将在赛前、赛中、赛后对球员和球队官员进行的纪律处分，及其他事件写成比赛报告，提交有关部门。

2）裁判员装备：裁判服、足球鞋、袜、哨子、笔、记录卡、红牌、黄牌、手表、挑边器、胸徽、气压表、气针等。

3）裁判员哨声与手势：裁判哨声应及时、果断、洪亮。对一般犯规的用短促响亮哨声，对严重犯规的用有力洪亮哨声，对有争执的用连续短促哨声。

发生下列五种情况时，裁判员必须鸣哨：

①开始比赛（一声长音）。

②停止比赛（长音较响）。

③进一球（长音洪亮）。

④罚球点球（短促洪亮）。

⑤比赛结束（一短一长）。

裁判员手势：

①直接任意球：单臂前举45°，指向罚球方向。（图4-2-4）

②间接任意球：单臂上举，掌心朝前。（图4-2-5）

图4-2-4　直接任意球

图4-2-5　间接任意球

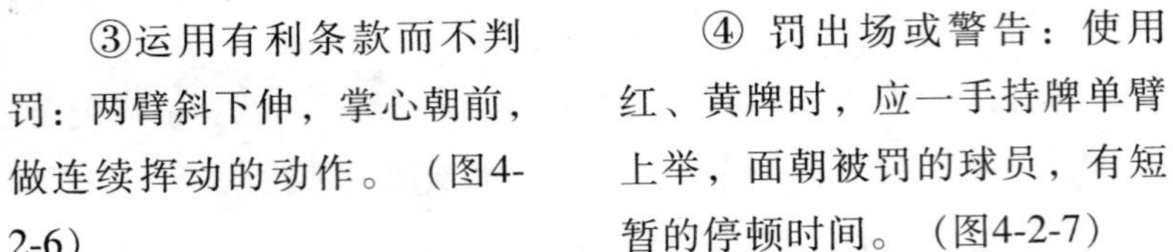

③运用有利条款而不判罚：两臂斜下伸，掌心朝前，做连续挥动的动作。（图4-2-6）

图4-2-6　运用有利条款而不判罚

④ 罚出场或警告：使用红、黄牌时，应一手持牌单臂上举，面朝被罚的球员，有短暂的停顿时间。（图4-2-7）

图4-2-7　罚出场或警告

⑤ 球门球：单臂向前斜下举，指向球门区。（图4-2-8）

图4-2-8　球门球

⑥ 判罚球点球：单臂向前斜下举，指向罚球点。（图4-2-9）

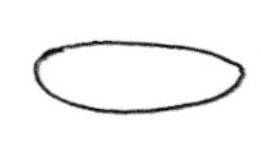

图4-2-9　判罚球点球

⑦ 角球：单臂斜上举，指向角球弧。(图4-2-10)

图4-2-10 角球

4）助理裁判员的职责

①当球的整体越出比赛场地时示意。

②决定应由那一队踢角球、球门球或掷界外球。

③可以判罚处于越位位置的球员。

④当要求替换球员时示意。

⑤当发生裁判员视线外的不正当行为或其他事件时示意。

⑥当犯规发生时，助理裁判员要比裁判员更接近于犯规地点。

⑦当踢球点球时，判定球被踢之前守门员是否向前移动，以及球踢出后是否进门。

5）助理裁判员旗示：助理裁判员主要用旗子来协助裁判员执行裁判任务。

①掷界外球：单手持旗斜上举45°，指向罚球方向。(图4-2-11)

②球门球：单手持旗，侧平举，指向球门区。(图4-2-12)

图4-2-11 掷界外球

图4-2-12 球门球

③角球：旗45°斜下举，指向角球弧。（图4-2-13）

图4-2-13　角球

④越位：旗上举，待听到裁判员鸣哨后，再指向越位地点（助理裁判远端——斜上举，中间——前平举，近端——斜下举）。（图4-2-14）

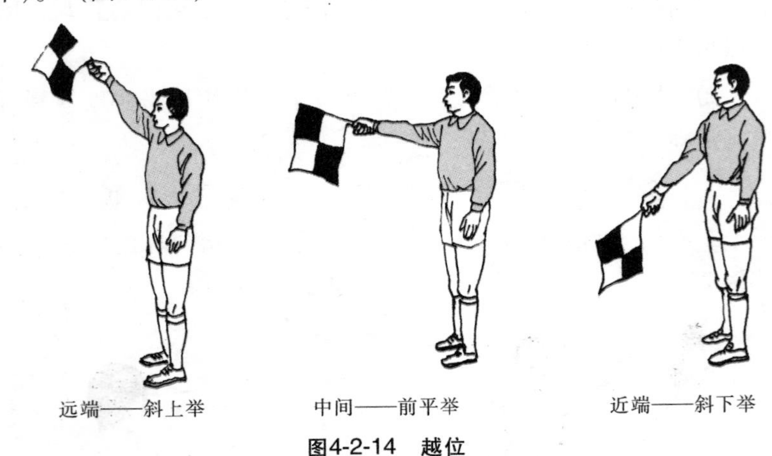

远端——斜上举　　中间——前平举　　近端——斜下举

图4-2-14　越位

⑤犯规：旗上举并左右晃动，裁判员鸣哨后，旗斜上举45°，指向罚球方向。（图4-2-15）

⑥换人：双手持旗，横过头顶。（图4-2-16）

6）第四官员的职责：第四官员由竞赛规程指派，在其他三

图4-2-15　犯规

图4-2-16　换人

名裁判员中的任何一名不能担任执法工作时上场替补。

赛前组委会应确定，在裁判员不能担任临场工作时，是由第四官员担任比赛的裁判员，还是由第一助理裁判员担任裁判员，第四官员担任助理裁判员。

①根据裁判员的要求，负责赛前、赛中和赛后的赛场管理。

②负责比赛中的换人。

③负责比赛换球。

④负责检查替补球员入场前的装备。

第四官员应在整场比赛中协助裁判员进行工作。他必须向裁判员指正或提醒被误给警告的球员，或已被警告了两次而并未将其罚令出场的球员，以及发生在裁判员和助理裁判员视野以外的暴力行为。

（2）裁判制：裁判制是裁判员R与助理裁判员AR在执行工作中的跑位与配合方法，有对角线裁判制与边线裁判制两种。目前世界上普遍采用对角线裁判制。

1）对角线裁判制：在采用这种裁判制时，裁判员R沿着对

角线方向活动，两名助理裁判员AR1、AR2成对角分站在两条边线上。（图4-2-17）

2）裁判员与助理裁判员的跑动线路：目前，世界上常用的裁判员跑动路线有：大S形跑、小S形跑与跟踪跑三种线路。

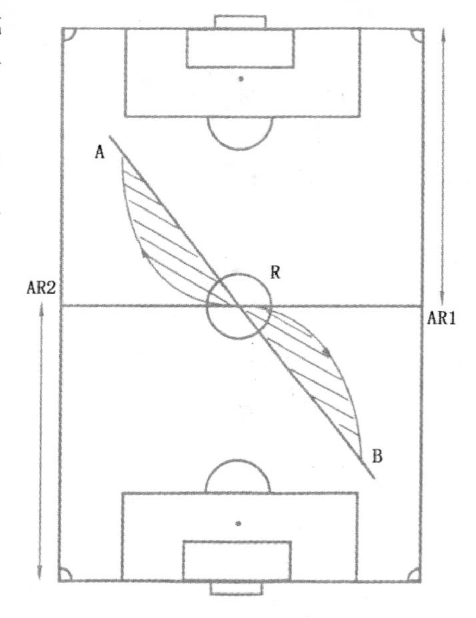

图4-2-17　对角线裁判制

①大S形跑：采用这种跑动路线时，裁判员应保持在球的左侧后方，球在进攻方向左侧发展时能与球保持较近距离，球在右侧发展时裁判员可向右路靠近，距球稍远，但随时都能与助理裁判员保持好联系。

②小S形跑：球在中路或右路发展时，裁判员在球的左侧后方，能保持好与助理裁判员的联系，不足之处是球在左路发展时会造成背向助理裁判员的不利局面，但球发展到罚球区内时又能及时跟上。

③跟踪跑：采用这种跑动线路时，裁判员是以球为中心进行跟踪，最大好处是始终保持与球较近的距离，但由右路向左路发展时裁判员难以面向助理裁判员，有时跑动不当易影响运动员活动与传球路线，同时跟踪跑对裁判员体能要求很高。

目前，国内外高水平裁判员的跑位一般是把三种方法结合在一起使用，但有一点是最重要的，即裁判员跑动应考虑本人体能情况、双方技战术情况、场地和天气等情况。

助理裁判员跑动路线：

①在本方半场边线外活动。

②多采用侧向滑步跑、倒退跑，面向场内，人球兼顾。

③与本方倒数第二名防守球员保持平行，以抓好越位位置。

3）裁判员与助理裁判员的配合

①中圈开球：裁判员R在开球队半场内中圈附近，球的左侧后方，助理裁判AR1与AR2分别平行站在两队最后第二名防守球员旁。（图4-2-18）

图4-2-18　中圈开球的裁判位置

②踢球门球：裁判员R站在中圈附近，注意观察双方球员争夺发展情况。踢球门球一方的助理裁判AR1先站在球门区线平行处，观察球是否放好。接着再走向罚球区线平行处，看球是否直接踢出罚球区。守方半场的助理裁判AR2应站在与本主半场最后第二名防守球员平行位置上，注意攻守情况。（图4-2-19）

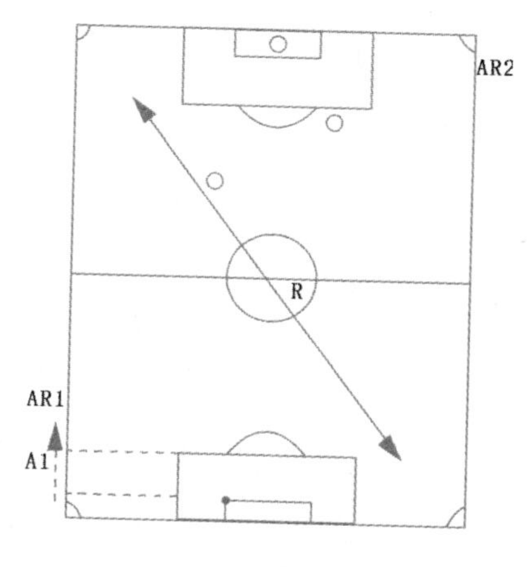

图4-2-19　踢球门球的裁判位置

③踢角球：不管在哪一个角球弧踢角球，裁判员均可在罚球区的左侧选择好便于观察的角度。踢角球所在半场的助理裁判

站在球门线的延长线上的角旗后面，两人共同观察球是否合法放在角球弧内，守方球员是否距球9.15米，球踢出后有否越出球门线，以及双方球员可能的犯规与进球与否。另一助理裁判站在与守方最后第二个防守球员齐平的位置上，注视球员有否犯规或越位。

④踢任意球：裁判员R站在与守方倒数第二名防守球员平行的位置上，主要观察球员有否犯规与越位，助理裁判AR2可站在球门线的延长线上，看球有否进门，或站在与倒数第二名防守球员平行的位置上；若取后者站位，应与裁判员R分工明确。助理裁判AR1则站在与攻方倒数第二名防守球员平行线的位置上。(图4-2-20)

⑤踢球点球：裁判员R站在球点球左侧的平行线上观察球是否放好、守门员及其他球员是否站在合法的位置上，以及罚球是否合理。助理裁判员AR2站在罚球区线与球门线交会的边线外。助理裁判员AR1则站在与攻方倒数第二名防守球员平行的边线上。（图4-2-21）

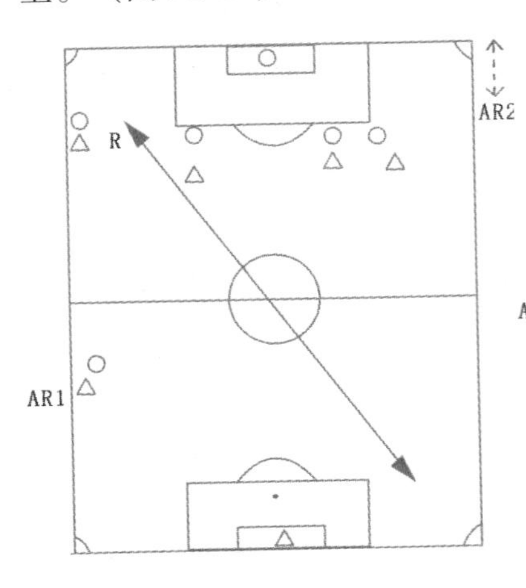

图4-2-20　踢任意球的裁判位置

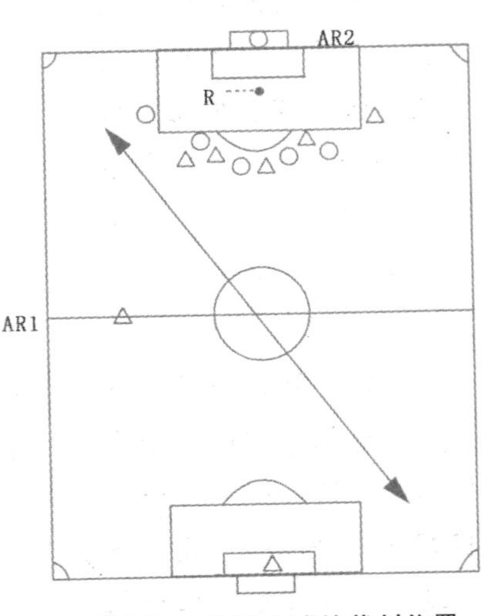

图4-2-21　踢球点球的裁判位置

⑥掷界外球：若在裁判员一侧掷界外球时，裁判员R站在掷界外球点的附近观察有否犯规，助理裁判员AR1与AR2分别站在本方半场与倒数第二名防守球员平行的位置上，协助观察双方球员有否犯规。（图4-2-22）

若在助理裁判员一侧掷界外球时，助理裁判员AR2站在本方半场与倒数第二名防守球员平行的位置上，示意何处掷球，裁判员R站在与掷球点平行的中场附近，观察双方球员有否犯规，助理裁判员AR1站在本方半场与倒数第二名防守球员平行的位置上。（图4-2-23）

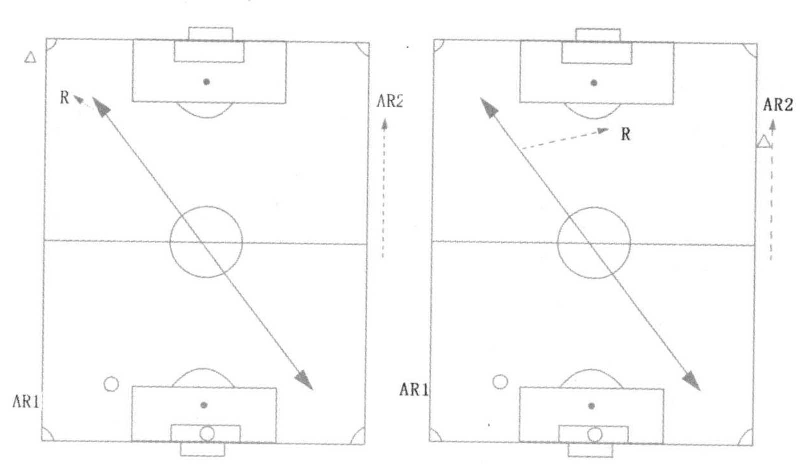

图4-2-22　掷界外球的裁判位置（一侧）　　图4-2-23　掷界外球的裁判位置（中场）

⑦球出界：球从边线、球门线出界时，如在助理裁判员近端，以助理裁判员为主上旗要快；球如在裁判员近端，以裁判员为主，手势要快。

⑧越位：现在越位的判罚以助理裁判员为主，要求抓准平行线，准确上旗，而裁判员养成二次看旗习惯，即攻方球员传球时看一次旗，攻方另一球员接球时再看一次旗；如发现裁判员漏看

旗，该球又有可能进球，助理裁判员应原地不动举旗示意，以便让裁判员发现后再弥补上。

⑨球进门：进球无异议，助理裁判员向中线跑一段距离，裁判员跟着鸣哨进球。若出现进球后球又被守方踢出，助理裁判员站在球门线上将旗平举指向中圈，裁判员再鸣哨进球。

⑩比赛时间：由裁判员掌握时间，每半场最后3分钟第一助理裁判员要及时提醒裁判员。裁判员认为需补时延长时间，应用信号提醒第四官员。第四官员在第44分时，应把增加的时间举牌示意。在延长时间若还出现需补时的情况，由裁判员来决定。

⑪决胜期点球决胜负：裁判员位置与罚球点球时一样，而靠近罚球点球的一方助理裁判员的位置应站在球门区线与球门线交会的边线外，看球有否进门。另一方助理裁判员在中圈管理好双方球员。

⑫特殊情况处理：比赛中发生球员相互殴打或围攻裁判员情况时，近端的助理裁判员应记下肇事者的主要情节及号码，尤其是带头肇事者，为事后提供必要的证据。

⑬裁判员非到急需时一般不向助理裁判员征询意见，若确有必要帮助时，助理裁判员应简洁明了地告诉裁判员。两人交换意见时，周围不能有其他人员。

总之，裁判员与助理裁判员工作中，要时常保持“对眼”联系。三人在场上互相配合，共同完成场上执法任务。

Football

五、小型足球基本踢法与竞赛规则

小型足球是指每个参赛队上场人数少于11人，场地规模小于标准比赛场，比赛时间相对也较短的足球竞赛活动。

小型足球运动拥有悠久的历史和良好的传统。小型足球源于小孩自发组织的街头足球游戏，许多世界级球星如贝利、贝肯鲍尔、马拉多纳等，都有早期街头足球的经历。正因为小型足球参赛人数可多可少，受场地、气候、器材等限制较少，组织起来灵活、方便，所以深受广大球迷的欢迎。

目前，国际上较为普及，有着统一竞赛规则的小型足球比赛有7人制、5人制、4人制和3人制等。其中，5人制足球联合会于1988年成立，组织制定了正式的室内5人制竞赛规则，并举办了第一届世界室内5人制足球比赛。

小型足球的基本技术除了与11人制的大致相同外，在阵型设置、战术技巧和竞赛规则上还是有其特点，所以特别单列一章，简明扼要地介绍小型足球的基本阵型与踢法，以及竞赛规则与裁判法。

（一）7 人制足球

7人制足球比赛与11人制足球比赛相比，具有攻守转换快、场地小、时间短、适合各年龄段人群、参与性强等优点，在世界各地非常普及。

1. 7 人制足球基本阵型与踢法

（1）7人制足球基本阵型：主要为“三三”阵型，由此衍生出“三二一”、“三一二”、“一二一二”阵型等。在“三三”阵型中，设3名前锋、3名后卫、1名守门员。（图5-1-1）

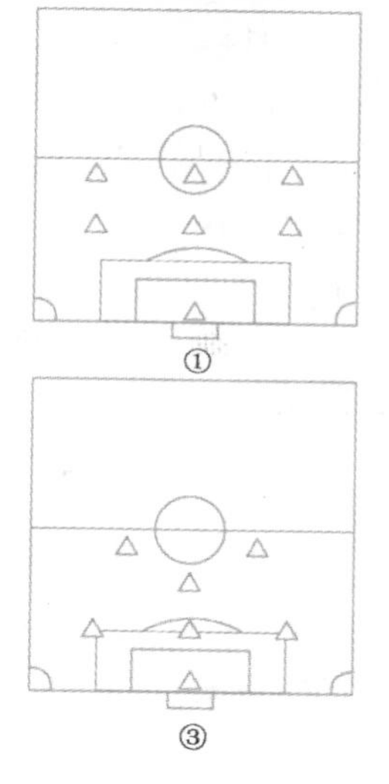

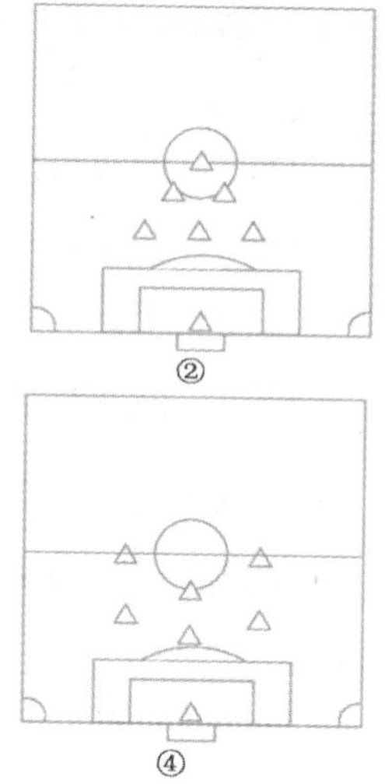

图5-1-1　7人制足球基本阵型

①“三三”阵型　②“三二一”阵型　③“三一二”阵型　④“一二一二”阵型

（2）7人制足球基本踢法：7人制足球基本阵型为“三三”阵型，分工上一般只有前锋与后卫两条线。由于防守人数与层次较少，所以中路进攻成为得分的主要手段。根据场上情况，也可辅以边路进攻，但边路突破后多采用回传和横传低平球较有威胁。防守以区域防守为主。

进攻中，3名前锋里有1名中锋、2名边锋。中锋尽量前压，也可通过左右策动与2名边锋进行配合射门。当中锋扯边时，临近边锋交叉换位到中锋所在位置，达到打乱对方防守阵脚的作用。2名边锋从两侧的边路担负起进攻的主角，通过个人突破等手段争取射门得分。防守中，离球近的前锋球员应就地进行反抢，其余前锋保护或进行封堵，以防对方反击。

防守时，3名后卫球员里有1名中卫、2名边后卫，一般采用

区域防守方法。中卫负责本方门前区域，左、右边后卫负责一侧的区域。中卫盯住对方在中路最前边的球员，两边后卫收缩里面保护。若中卫被对方突破，邻近的边后卫应主动补位，与此同时，中卫也须交叉换位到边后卫的位置上进行互补。进攻时，可根据场上实际情况，传球组织进攻或插上进攻。

2. 7人制足球竞赛规则与裁判法

（1）7人制足球竞赛规则

1）比赛场地：场地为长方形。正式比赛场地长度为64~75米，宽度50~55米。球门的高度2米，宽度5米，角球弧的半径0.6米。各条线宽和球门柱及横梁宽度不得超过10厘米。（图5-1-2）

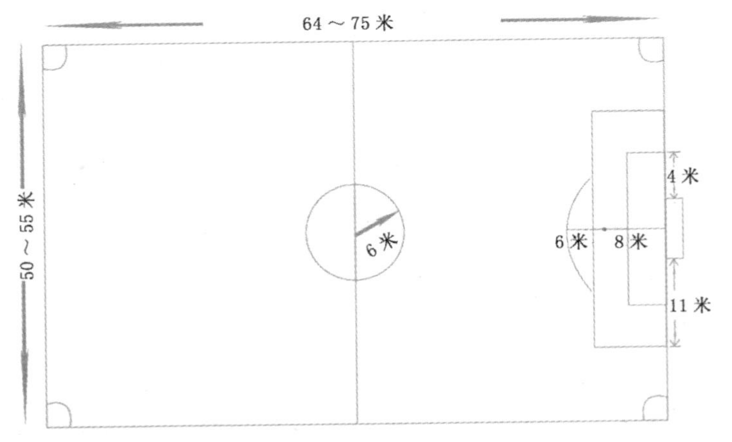

图5-1-2　7人制足球比赛场地

2）比赛用球：国际标准4号球。

3）比赛人数：每队上场球员为7名，其中必须有1名守门员。当某队上场球员少于5名时，该场比赛无效。

4）比赛时间：全场比赛时间60分钟，分上、下半场，上半场、下半场各30分钟，中间休息10分钟。

5）点球决胜办法：当规定时间内无法决出胜负时，每队派3名球员依次轮换罚球，若已决出胜负则比赛结束。如果前3名球员踢成平局，则每队续派第四名球员继续踢球，直到分出胜负为止。

（2）7人制裁判法：与11人制比赛相同。

（二）5人制足球

5人制足球比赛设有1名守门员，场上4名球员职责分工更明确，攻守转换很快。室内5人制足球比赛是国际足联正式举办的一项国际性赛事。但在基层，受条件限制，许多5人制比赛也都放在室外进行。

1. 5人制足球基本阵型与踢法

（1）5人制足球基本阵型：主要为"二二"阵型，即2名后卫、2名前锋。根据不同对手可转变为"一二一"与"三一"等阵型。（图5-2-1）

（2）5人制足球基本踢法：5人制足球主要阵型为"二二"阵型。设有1名守门员，其主要任务就是镇守大门，同时起组织与指挥作用。而2名后卫可采用平行站位进行区域防守，每名球员各担任后场一侧防守。对方球员在一侧进攻时，同侧防守球员要盯住对手；而另一侧同伴要适当收后斜线进行保护。由守转攻时，应起到组织与保护的作用。2名前锋球员主要担当进攻及射门得分的任务。当一名前锋控球、过人时，另一名前锋应穿插、跑位、接应，以创造射门得分机会。由攻转守时，靠近球的球员先封堵，抢不到球时，两人后撤到后卫线前，形成一道防线。

在自由换位踢法中，关键的一点是邻近位置互相换位时，要

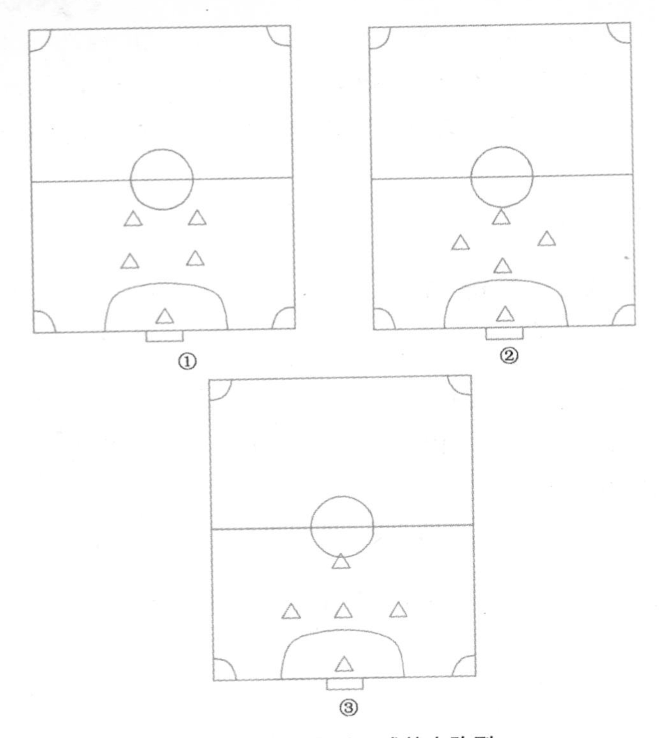

图5-2-1　5人制足球基本阵型

①“二二”阵型　②“一二一”阵型　③“三一”阵型

能够明确盯住相应的对方球员，不要重叠与混乱。

2. 5人制足球竞赛规则与裁判法

（1）5人制足球竞赛规则

1）比赛场地：场地为长方形，长度为25~42米，宽度15~25米。国际比赛场地长为38~42米，宽度18~22米。球门高度2米，宽度3米。罚球区是从球门柱内侧，以6米为半径向场内各画一条四分之一圆，与球门线相连接成直角，两弧线的上部与一段长3.16米的直线围成的区域为罚球区。角球弧半径0.25米。第一罚

球点在两球门柱中点，距离球门线6米处；第二罚球点从两球门柱中点，向场内垂直于球门线10米处画一罚球点。（图5-2-2）

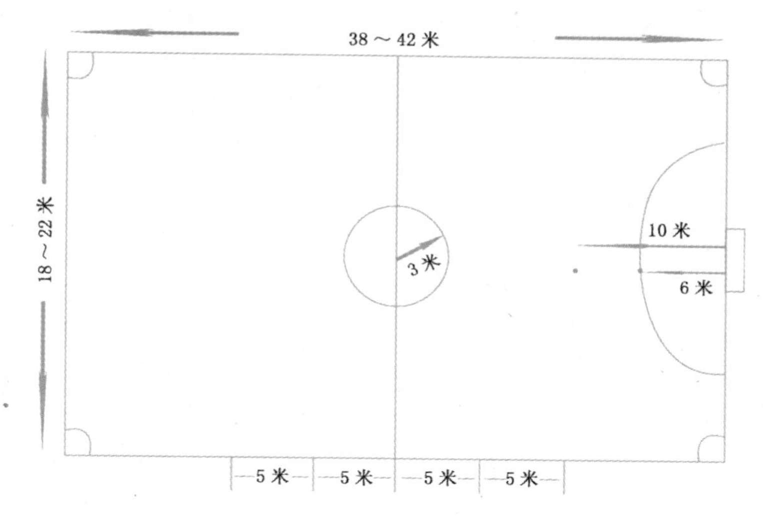

图5-2-2　5人制足球比赛场地

2）比赛用球：国际标准4号球。

3）比赛人数：每队上场球员为5名，其中1名为守门员。当某队上场球员少于3名时，比赛必须中止。各队替补球员不得超过7名。

4）球员装备：穿室内足球鞋或类似材料制成的胶鞋。

5）裁判组：场上裁判员与第二裁判员拥有同样的职权，但两人判罚不一致时，以裁判员判罚为主。裁判员还应管理好替补球员的进出场。场上计时员和第三裁判员的职权有所不同。计时员要确保比赛按规定时间进行；当有球员被罚令出场时，执行罚停2分钟的计时；记录各队每半小时前5次犯规次数；在某队第五次犯规时发出信号；记录各队暂停次数，控制暂停1分钟。第三裁判员记录比赛中停止情况及原因，记录进球球员与被警告与罚

出场球员的号码。

6）比赛时间：全场比赛净时间40分钟，分上、下半场，每半场各20分钟，中间休息不超过15分钟。每半场的每队教练员可申请1次1分钟的暂停，但应在本方控制球时。

7）犯规与不正当行为：除包括11人制所规定的犯规外，应加上“铲球”也是犯规。同时，对守门员的违例还有如下的规定：球发出后未越过中线或未经对方球员触及而接到同队球员回传球；在本方半场任何区域，手或脚控制球超过4秒钟；用手触及或控制同队球员直接踢给他的界外球。

8）累计犯规：某队上、下半场直接任意球犯规累积5次的，从第六次开始，防守队不能排人墙，明确主罚球员、守方守门员留在己方罚球区至少距球5米处，其他球员应在假想平行线后、罚球区外，至少距球5米。同时从第六次犯规后，任意球须直接射门。如犯规地点在对方半场与本方半场介于通过第二罚球点的假想平行线与中线之间的区域。该任意球应在第二罚球点踢任意球，如犯规地点在犯规方半场球门线和第二罚球点的假想平行线之间区域，则对方可选择犯规地点或第二罚球点踢任意球。

9）任意球：罚任意球时，对方球员至少距球5米，主罚球员4秒内应将球发出，否则违例。

10）界外球、球门球和角球：踢界外球，守门员掷球门球时，对方应该至少距离5米，同时应在4秒钟内将球发出；守门员掷球门球不能直接得分；踢角球可直接得分。

除此之外，其他规则与11人制相同。

（2）5人制裁判法：每场比赛由裁判员、第二裁判员、第三裁判员及计时员4人组成执法组。裁判员在远离记录台一侧，第二裁判员在靠近记录台一侧，互相配合共同完成场上任务。

（三）4人制足球

4人制足球比赛不设守门员，场上4名球员按职责分工进行进攻与防守。

1. 4人制足球基本阵型与踢法

（1）4人制足球基本阵型：有灵活多变的“一二一”阵型、攻守平衡的“二二”阵型及偏重防守的“三一”阵型。（图5-3-1）

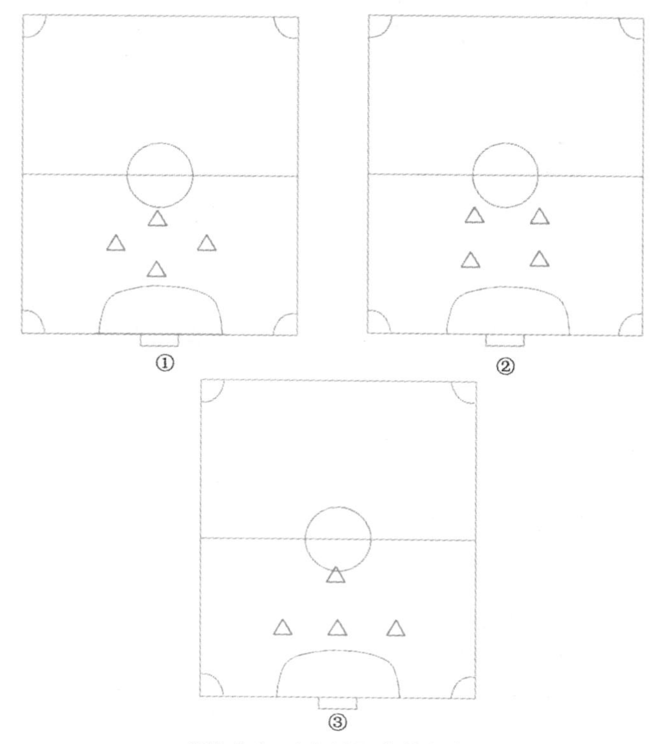

图5-3-1　4人制足球基本阵型

①“一二一”阵型　②“二二”阵型　③“三一”阵型

（2）4人制足球基本踢法：4人制足球主要阵型为“一二一”阵型，即委派1名球员专门担任后场门前区域的防守，并兼顾守护球门，其职责与打法与3人制足球的拖后球员相似：一是选好位置保护球门；二是延缓对方进攻，待同伴回防后再逼抢；三是进攻时起到组织作用，必要时插上助攻。2名居中的球员担任攻防连接的任务。防守时，2名球员各自担任一侧区域的防守；进攻时，2名球员压前参与进攻。与3人制足球对比，4人制足球在前场设1名前锋，其主要任务是进攻与射门得分。进攻时，多在前场寻找与创造射门机会，也为同伴创造机会，能摆脱并突破防守，起到牵制对方的作用，使对方后卫助攻收回到防守位置。

以上介绍的是4人制足球的固定位置踢法，4人制足球的自由换位踢法是指场上球员没有固定位置，球员完全根据场上情况随机处于某个位置即担当所处位置的职责。

2. 4人制足球竞赛规则与裁判法

（1）4人制足球竞赛规则

1）比赛场地：场地为长方形，长度为25~42米，宽度15~25米，角球弧半径0.25米，球门高度1.1~1.5米，宽度2米。（图5-3-2）

2）比赛用球：国际标准3号球。

3）球员人数：每队上场球员4名，不设守门员。当某队上场球员少于3名时，该场比赛无效。各队替换球员方法与5人制相同。

4）比赛时间：全场比赛时间30分钟，分上、下半场，每半场各15分钟，中间休息5分钟。

5）任意球、角球和界外球：当球员发这三种定位球时，应在4秒钟内将球发出，对方球员必须离球3米。其他规定与5人制相同。

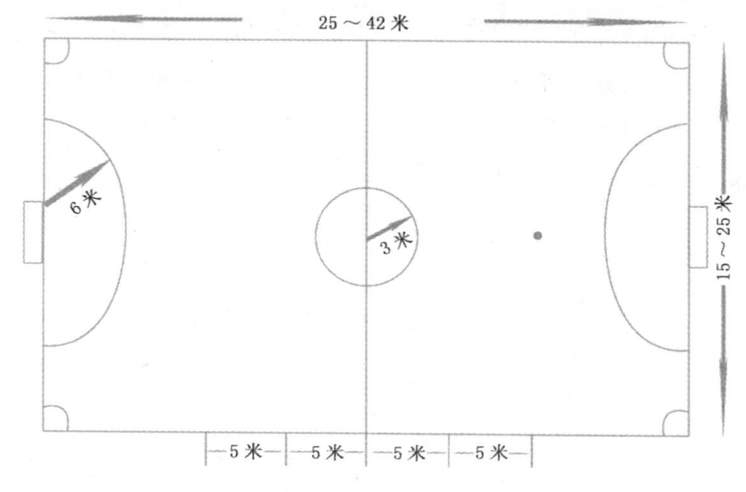

图5-3-2 4人制足球比赛场地

6）罚球点球：守方球员在罚球区内被判直接任意球犯规时，一律判罚球点球。球点球点在中点，除主罚球员外，双方其他球员必须站在中线后的半场，并至少距球3米。

7）球门球与11人制规则相同。

8）无累积犯规，其他规则与5人制规则相同。

（2）4人制裁判法：每场比赛委派1名裁判员执行任务，另设1名计时员负责记录与计时工作。

（四）3人制足球

3人制足球比赛不设守门员，场上3名球员按职责分工进行进攻与防守。

1. 3人制足球基本阵型与踢法

(1) 3人制足球基本阵型：主要为“一二”阵型，即1名球员居后，2名球员在前。当前面一名球员后撤时即成为“二一”阵型，即2名球员居后，1名球员在前。（图5-4-1）

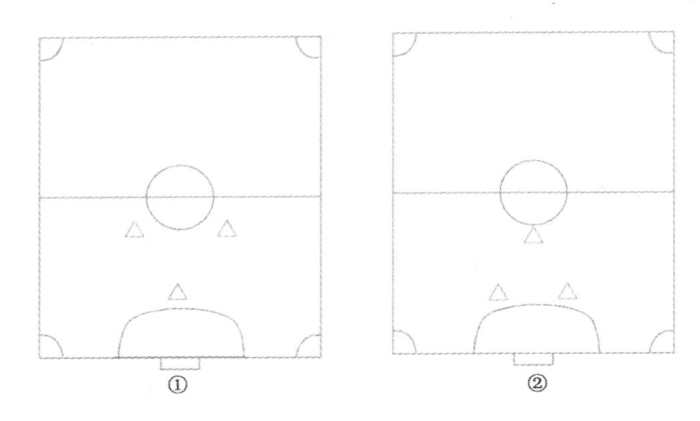

图5-4-1　3人制足球基本阵型

①“一二”阵型　②“二一”阵型

(2) 3人制足球基本踢法

1) 固定位置踢法：球员都有相对固定的位置与主要承担进攻或防守的职责。居后的球员基本在本方后场担任区域防守，同时兼顾守门的双重任务，必要时也可参与进攻。在防守时，居后球员须始终保持站在对方控球球员与本方球门线中点之间，封堵对方射门；抢球时，不应盲目出脚抢球，先选好位延缓对方推进，待前场球员回来保护时再上前逼抢。进攻时，居后球员应起到组织与支援作用，有好机会也应插上助攻。

2名在前球员，一般是一个侧重起组织与穿插连接的作用，另一个则担当攻击对方球门的任务；两人同时也必须参与整体的防守。进攻中两人也可以交叉换位，丢球后在各自一侧区域反抢，另一侧球员回防保护。在攻防中3人应保持好后三角队形。

2）自由换位踢法：场上球员没有固定位置，每个球员的职责与分工随位置的变化而变化。当3名球员形成某种进攻与防守的态势时，各位置上球员所承担的职责和任务与固定位置时一样，球员间换位与协防保护方法也是一样的。因此，这种打法对球员战术素养要求较高，更注重球员技术的全面性，而且身体素质也应更全面。否则，采用这种踢法容易造成失分。

2. 3人制足球竞赛规则与裁判法

（1）3人制足球竞赛规则

1）比赛场地：场地为长方形，长度为24~28米，宽度14~16米，球门高度0.8米，宽度1.2米。（图5-4-2）

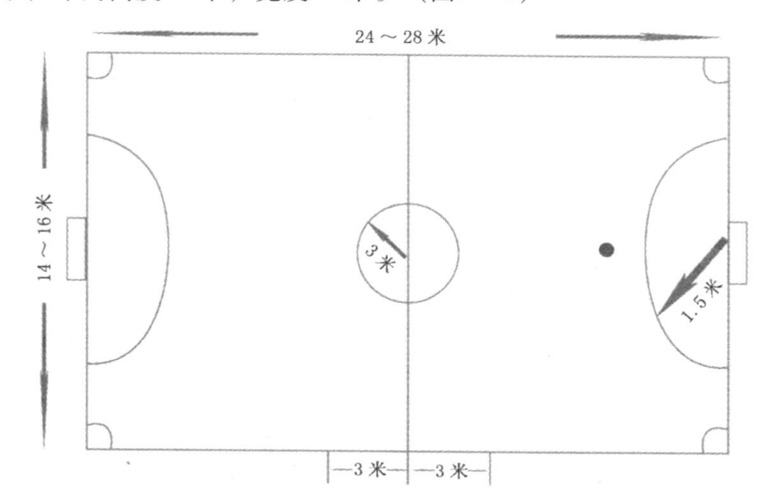

图5-4-2　3人制足球竞赛比赛场地

2）比赛用球：国际标准3号球。

3）球员人数：每队上场球员为3名，不设守门员。当上场球员不足2名时，该场比赛无效，判对方获胜。替补球员不得超过5

名，替补球员方法与5人制规则相同。

4）任意球、球点球、角球、界外球、球门球与4人制规则相同。

5）射门得分：在球越过中线进入对方半场后的射门得分才有效。

6）其他规则要求与5人制规则相同，但无累计犯规的规定。

（2）3人制裁判法：每场比赛委派1名裁判员执行任务，另设1名计时员负责记录与计时工作。

Football

六、身怀绝技的中外球星

（一）世界球王——贝利

贝利原名埃德逊·阿兰德斯·多纳西门托，身高1.73米，1940年10月23日出生在巴西特雷斯科拉索内斯镇的一个贫寒的家庭。他13岁加入包鲁俱乐部少年队，使该队连续三年获包鲁市少年冠军。15岁入选巴西著名的桑托斯队。头一年他攻入32球，成为该队最年轻的射手。17岁选入巴西国家队。1958年至1970年，四度作为巴西队主力球员参加世界杯足球赛。为巴西三获世界杯而永久占有“雷米特杯”，作出突出的贡献。他也是迄今惟一一位三次被评为世界最佳足球运动员的超级明星。1977年10月10日美国宇宙队为他举行了盛大的告别赛，从此结束了辉煌的绿茵生涯。1980年在巴黎王子宫，由法国著名体育日报《队报》主办，世界二十多家主要报纸、杂志等新闻单位参加举办的“谁是本世纪最佳运动员”评选活动，贝利名列第一，荣获“本世纪体育冠军”奖。

贝利在绿茵场上征战22年，共参加了1364场正式足球比赛，踢进1282球。他赢得过世界杯冠军、洲际俱乐部杯赛冠军、南美解放者杯赛冠军，被世人誉为“一代球王”。他球艺高超，脚法细腻，过人巧妙。传球、接球、控球、运球均属上乘，尤其头脑清醒，观察能力强，常能传出致命的好球。充当前锋，他能冲锋陷阵；退居中场，他又善于指挥作战。

1958年世界杯，贝利首次代表巴西国家队参加在瑞典举办的第六届世界杯比赛，对威尔士队，他射进第一球；对法国队又进3球；对瑞典队，2次把球送进网内，特别是打进瑞典队大门的第一个球堪称佳作。当比赛进行到55分时，贝利在罚球区内接同伴一记长传，他背对球门用胸口将球接在自己身前，在对方后卫上前围抢时，他将球轻挑越过对手身后，立刻转身用左脚凌空抽射，瑞典队守门员还反应不过来时，球已进网窝。这时全场欢声雷动，连瑞典守门员也情不自禁与观众一起喝彩。

桑托斯队是贝利的母队，1961年他代表该队与弗鲁丰恩赛队比赛。贝利在中场接到同伴的传球，他左盘右带，先绕过三名对方防守球员，当对方第四名球员上前抢截时，贝利巧妙一捅，球从对手裆下穿过，接着他又把球挑过第五名对手，在第六名球员冲上来时，只见贝利上身向右一晃，迅速向左一拨又越过对手，第七名球员见势不妙，采取了凶猛的铲球动作，只见贝利迅速一捅再一跳，使对手望球兴叹。当贝利带球向球门冲过去时，半路又杀出第八、第九名球员，他仍然先左推后右拉轻松地越过他们，形成单刀赴会的局面。这时，对方守门员突然飞身扑来，机灵的贝利先做一个射门的假动作，再把球挑过守门员，送入空门。这个进球堪称贝利一生最绝妙的进球。

除此之外，贝利还有50米的劲射，倒挂金钩等进球绝技。在足球世界性难题——射门上，贝利从进球数到进球方式上都是令人赞叹的。

更难能可贵的是，他不仅有卓越的球技，在体育道德修养方面也是超群的。在赛场上，贝利是各国球队后卫重点防范的对象。他经常被对手踢伤，甚至倒地不起，但他从未报复，从不“以牙还牙”，他对付对手的惟一方法就是向大门多进几个球。由此可见，球王“贝利”天才的球技和良好的球德是无人可及的。

（二）足球皇帝——贝肯鲍尔

弗兰茨·贝肯鲍尔，身高1.81米，1945年9月1日出生在联邦德国巴维拉省吉那森市。他13岁时加入拜仁慕尼黑少年队，随后又入选联邦德国国家少年队和青年队。1963年，成为拜仁慕尼黑队职业球员，并迅速成为队中主力，为该队共夺得2次全国甲级联赛冠军、3次欧洲冠军杯冠军。20岁进入联邦德国国家队，代表国家参加国际比赛120多场，他为联邦德国捧回1966年第八届世界杯亚军和1974年第十届世界杯冠军，均起到了举足轻重的作用。

贝肯鲍尔最擅长的位置是“自由人”，相当于扫清门前障碍的一把铁扫帚。但贝肯鲍尔在场上又不仅限于“清道夫”的角色。有时，根据场上需要，他会从后卫变换位置，推到中场控制全局，甚至突到前场射门。可以讲，在“进而攻，退而守”的变化中，贝肯鲍尔是举世无双的球星。他那优美的脚法、翩翩的大将风度，在世人心中均留下难以忘怀的印象。

实际上，贝肯鲍尔最突出的是在场上驾驭比赛的能力，他是足球场上绝对权威的指挥官。他神奇般的控球、30米外精确的传球和贴身拼抢的精神，使他成为联邦德国队场上理所当然的指挥官，更被授予“足球皇帝”之称。1984年他退出国家队后担任联邦德国教练，在1986年第十三届世界杯足球赛上，联邦德国队获世界杯亚军。1990年在第十四届世界杯足球赛上，他率领联邦德国队夺得冠军。他没有教练证书，是通过全民投票当选的教练。

从足球场上的皇帝到足球场上的统帅，在众多球星中仅有他一人完成了这种成功的跨越。

（三）任意球专家——普拉蒂尼

米歇尔·普拉蒂尼，1955年6月21日出生在法国东北部洛林地区的热夫镇上，身高1.79米。祖父是意大利移民，他二三岁开始跟随父亲到球场踢球。12岁成为训练有素的少年足球运动员，代表热夫少年队获得地区冠军。17岁时，他加入法国南锡足球俱乐部，20岁成为国家青年队的主力球员。1976年，他入选国家队，接连参加了第十一、十二、十三届世界杯大赛，均进入决赛。

1976年3月27日，普拉蒂尼第一次穿上10号球衣代表法国队与捷克队比赛时，对方犯规，但罚球点离球门较近，角度很小，普拉蒂尼自告奋勇由他主罚，只见他踢出的球划出一道弧线，绕过人墙，直飞网底，捷克队优秀的守门员维克多也只能望球长叹。

1981年9月18日，荷兰队与法国队争夺第十二届世界杯的最后一张入场券，在52分时，法国队获得任意球，又是普拉蒂尼主罚，他一脚劲射，球如离弦之箭，直窜网底；荷兰队守门员奋力飞身挡出，普拉蒂尼闪电般赶到，再补一脚，终于打进这关键的一球。在西班牙举办的第十二届世界杯大赛中，他以队长的身份成为法国队的核心人物。

1984年，在欧洲杯决赛中，法国队大战西班牙队，由于西班牙队撞人犯规被判任意球，普拉蒂尼操刀主罚，他挥脚劲射，球越过人墙，从守门员裆下飞进大门。他以踢进7球，被评为当届射手之王。

1985年11月，在第十三届世界杯外围赛法国队迎战劲旅南斯拉夫队中，开场仅三分钟，普拉蒂尼在对方罚球区前主罚任意球，只见他踢出一个漂亮的“香蕉球”，飞越人墙直窜大门的左上角，为法国队奠定了胜局。其实，普拉蒂尼这一脚任意球绝活是来自平时刻苦的训练。每次训练时，他都要在门前竖起4~5个塑料球员，然后用脚的各个部位踢出各种不同弧度的弧线球，一练就是好几百次。

普拉蒂尼技术精湛、脚法细腻、拼抢凶猛、意志顽强。作为一名中场核心球员，他头脑清醒，视野开阔，善于控制进攻节奏，是一名出色的攻防组织者。普拉蒂尼身经百战，而且在赛场上从不报复对方犯规者，对裁判员判罚也从无异义，他的良好修养与高尚球德，赢得了广大球迷观众和足球界人士的一致赞扬。

（四）意大利神手——佐夫

迪诺·佐夫，1942年2月28号出生于意大利威尼斯弗留利地区的马里亚诺镇，身高1.82米。童年的佐夫就迷上了足球，在踢球中又对守门员这个位置产生浓厚的兴趣。由于他个子矮，教练一直不让他充当守门员。在前锋线上表现

出色的他，直到16岁正式加盟乌迪内队后才改任该队替补守门员。遗憾的是，这位从小痴迷成为明星守门员的他，直到26岁入选意大利国家队后，才充分显露出他守门的才华，也许这就叫做大器晚成吧！

佐夫代表意大利队参加了1970、1974、1978和1982四次世界杯大赛，在1974年的第十届世界杯赛上，32岁的他，守门技术已达到巅峰状态。比赛中，他左扑右挡把各支强队的劲射一一化解。在1978年的第十一届世界杯比赛中，他更是锋芒毕露，被各国媒体誉为世界最佳的钢门。1982 年，他第四次披上意大利国家队战袍时，为意大利最后捧杯立下了汗马功劳。

佐夫守门有“双钢”之称，一是钢铁之门， 二是铁打的汉子。他守门时，作风勇猛顽强，选位好、反应快，出击时机恰当，指挥若定。从1961年至1982年，在一千多场比赛中，佐夫把守的大门仅被攻破402次，平均每年被踢进18个球。尤其在镇守国家队大门中，共参加115场国际重大比赛，他保持了1143分钟未被破门的世界记录。

1982年第十二届世界杯决赛在西班牙举行，意大利队对巴西队，意大利队3:2领先，巴西队疯狂反扑，只见意大利队门前险象环生，在全场比赛快结束时，巴西名将塞雷佐中场断球后，快速疾带，在离球门30米处，突施冷箭，球像长了眼睛似的直飞死角。佐夫判断准确，拼命飞身一跃，在离球门线不到1厘米处将球接住，对佐夫的这一精彩表演，全场观众爆发出震耳欲聋的欢呼声。

佐夫守门，善于化险为夷，在他参加的111场国际性重大比赛中，曾18次扑出点球。成功率达到30%，这在足球史上是罕见的。

由于这些突出表现，1984年5月在国际足联成立80周年大会上，他与贝利、贝肯鲍尔、查尔顿分别被评为有突出贡献的球星。

（五）金左脚——马拉多纳

迭戈·马拉多纳，1960年10月30日出生在阿根廷的布宜诺斯艾利斯，身高1.69米。13岁加入布宜诺斯少年足球队，1979年转到阿根廷国家青年队。第二年又选入阿根廷国家队，真正代表阿根廷参赛的是1982年在西班牙举行的世界杯足球赛。

1979年，马拉多纳代表阿根廷国家青年队参加了在东京举行的第二届世界青年锦标赛。在与前苏联队争夺冠军的决赛中，他快速的奔跑、灵巧的过人和强劲的射门，使世界球迷眼睛为之一亮。在多名后卫夹击下，用千钧之力的左脚踢进了致胜的一球，博得全场观众的欢呼，从此“小贝利”的绰号就传开了。实际上，马拉多纳这时才18岁。

马拉多纳控球能力强，特别是跑动中盘球过人的功夫十分独到。展现新球王风采的是1986在墨西哥举行的第十三届世界杯比赛上，他既是“突击手”，又当“组织者”。在前六场比赛中，他攻进了5球，对意大利队、英格兰队和比利时队的比赛，均是靠他直接破门，奠定平局或胜局。在与韩国队的比赛中，阿根廷队所进的3球都是由他直接输送的，这其中最著名的例子是在第十三届世界杯四分之一对英格兰的比赛上。在54分钟时，马拉多纳在中场得球，单枪匹马连晃过3名英格兰后卫，突入罚球区，这时，对方守门员弃门封堵也被他骗过，最后他推空门得分，为阿

根廷2:1战胜英格兰队立下头功。最后一场与联邦德国对阵中，对方派几名球员缠他抢他，但他游刃有余，发挥超凡的球技。在2:2双方战平后，马拉多纳快速运球，吸引德国后卫的注意力，突然他一脚长传，球像长了眼睛似的，落在高速前插的队友布鲁查加脚下，后者得球后轻趟几步，射进了取得冠军宝座的一球。当马拉多纳从墨西哥总统手中接过金光闪闪的奖杯时，全场观众沸腾了。马拉多纳荣获本届比赛的最佳运动员奖。

在美国举办的1994年第十五届世界杯赛上，他同四位同伴在6秒钟内做了7次一脚传球，最后他左脚怒射球门左上角。从此，马拉多纳在“新球王”称号后又加上了“金左脚”的美誉。

（六）右脚王——贝克汉姆

1975年5月2日在伦敦市的莱顿斯顿，6斤重的大卫·贝克汉姆呱呱坠地。父亲老泰迪年轻时曾为两家业余俱乐部踢球，又是曼联球迷。父亲的爱好影响了贝克汉姆，于是，穿上曼联队的红衣服驰骋球场成了贝克汉姆追求的目标。

7岁时，这个骨瘦如柴的小家伙参加了一支儿童球队——瑞德维勒沃斯队。年少的贝克汉姆球感出色，传控带球出类拔萃，但他身体单薄，所以，他想加入热刺队的愿望没有实现。小贝8岁那年，执著的老泰勒费尽周折，终于为儿子找到了一个

出头露面的机会，报名参加博比·查尔顿足球学校的技术考试，在初试与决赛中，贝克汉姆以各项成绩总分1106分的高分勇摘桂冠。

12岁那年，在与红桥队比赛中，他被曼联俱乐部球探发现，并到曼联试训。13岁，他正式开始参加曼联青训队的训练。1991年，年仅16岁的小贝，通过艰辛的努力终于签约曼联队。他为曼联青年队攻进的一球是在与水晶宫队的比赛中获得的机会。当时，他接到队友传球后转身一抹，直插罚球区内，用右脚劲射破门。

1992年9月23，他被弗格森选入一线队参加比赛。1993年1月23日，他正式与曼联签约，但在强手如林的球队中，他还是经常坐在板凳上。1994年12月7日，在与土耳其加拉塔萨雷队的比赛中，贝克汉姆上场后不久就射入了在欧洲冠军杯赛中的第一个球。从此，在英格兰刮起了一股贝克汉姆旋风。接着，贝克汉姆入选英格兰21岁以下国家队，参加欧洲青年足球锦标赛。

贝克汉姆在联赛中的出色表现，被著名的英格兰国家队主帅霍德尔看中，招到麾下，并首次穿上了国家队队服，参加了与摩尔多瓦队的比赛，这时的他也是惟一一名参加满8场预赛的球员。在随后几年中，贝克汉姆以英勇出色的表现和良好把握机会的能力，终于成为国际足坛上一颗熠熠发光的新星。

在第十六届世界杯赛中，英格兰遭受败绩。那是在与阿根廷队比赛中，他不理智地对西蒙尼的犯规后被出示红牌，招致球队失利。返回英格兰，他一下飞机就向国人诚心道歉，并且在以后几年的球员生涯中努力为国家队立功补过。现在，在曼联队和英格兰队中，贝克汉姆右脚招牌式的大力弧线任意球与传中球仍令世人津津乐道，深信在今后的球员生涯中他将继续向人们展现其超凡的足球才华。

（七）中场最佳发动机——齐达内

齐达内，身高1.83米，1972年6月23日出生在法国的马赛，他的职业足球生涯是1988年在旅游胜地——戛纳开始的。四年后，他穿上著名俱乐部波尔多的球衣而逐渐名扬欧洲。1996年，普拉蒂尼推荐他到意大利的尤文图斯俱乐部。短短一年时间内，他代表这支著名俱乐部队，获得欧洲超级杯、丰田杯和意大利甲级联赛的冠军。

2001年，齐达内以6440万美元加盟到西班牙皇家马德里队，创转会费的新高。

齐达内真正的巅峰时期是在法国举办的第十六届世界杯决赛。在此前，法国队从未获得过世界杯冠军。与法国决赛的对手是四获世界杯冠军的巴西队。齐达内两次头球攻破巴西守门员的十指关，成了法国队夺冠的头号功臣。2000年，在欧洲锦标赛中，法国对西班牙的四分之一比赛中，也是齐达内的一脚直接任意球在32分时率先破门，带领法国队闯进决赛，并最后夺得冠军。

其实，齐达内除了这些破门绝活外，他在比赛中最大的作用是用自己炉火纯青的控传球技术，以及独到的节奏感与大局观，把法国队的攻守梳理得有条不紊，堪称当今足坛最优秀的中场指挥家。为此，他在1998年、2000年及2003年三次被评为世界足球先生。

（八）外星人——罗纳尔多

罗纳尔多，身高1.80米，1972年9月22日出生在巴西。孩提时代的他是在贫穷中与足球相伴长大的。

在启蒙教练卡洛斯·阿尔贝托·席尔瓦的带领下，罗纳尔多进步很快。1989年4月，他受到当地拉莫斯社会俱乐部的盛情邀请，迈出职业球员生涯的第一步。随后，执教于圣克斯托瓦奥队的巴西国脚约津霍发现了这块璞玉，并把他培养成一名足球天才。

1992年，他已成为里约热内卢引人注目的新星，并被约津霍推荐到巴西著名俱乐部克鲁塞罗。1994年在巴西青年队比赛中，罗纳尔多出场了50场，就攻入49球，被国家队主教练佩雷拉招入国家队。

1994年第十五届世界杯后，他以600万美元身价加盟荷兰埃因霍温队，一年后他集联赛首席射手和最佳球员于一身。1996年，他转投巴塞罗那，并在西甲和欧洲联盟杯赛上屡有惊人之举。1997年罗纳尔多以世界足球先生之名，加盟国际米兰。1998年他又以绝对多数票再次当选世界足球先生。

在第十六届世界杯赛上，罗纳尔多代表巴西队一路奋战，杀入决赛。在与法国争夺冠军时，由于他身体欠佳，巴西队大失水准仅得亚军。但在随后几年中，他多次受伤多次复出，凭着顽强

的意志，他又重新驰骋在绿茵场上。

在2002年第十七届韩日世界杯赛上，罗纳尔多第三次代表巴西队征战世界杯，小组赛中巴西队过关斩将。在对土耳其队的半决赛中，罗纳尔多在48分时接队友斜传球，在4名土耳其后卫围抢中，将球一抹，闪出一点空当后，立即用右脚脚尖捅破土耳其大门，令人叹为观止。

在2002年与2003年中，他又两获世界足球先生。比赛中，他那离弦之箭般的速度、出神入化的控球、胜似闲庭信步的过人技术，以及门前灵猫似的破门嗅觉，为巴西队第五次捧回世界杯立下赫赫战功。这位足球骄子绝对是我们渴望的、绿茵场上众望所归的英雄人物。

（九）中国的贝利——容志行

容志行，身高1.73米，1948年出生在广东台山，4岁时在父亲影响下爱上了足球，经常找个小伙伴一起在大街小巷里踢足球，幼年就练出了扎实的基本功，能带善射，左右开弓，常常在多名对手夹击下，从容将球送入球门。容志行的球技很快引起业余体校教练的注意，1958年他入选青少年业余体校进入正规的训练。1962年参加广州市少年足球队。1966年入选广州市足球队。1969年进入广东足球队。

1971年，容志行所在的广东队迎战古巴国家队，客队训练有素，一开始就先拔头筹，以1:0领先，一时主队阵脚大乱。这时，教练果断换上容志行。上场

后，他熟练地控球和准确地传球，很快就稳住了中场。比赛中，他的一脚漂亮的转移球，队友跟上拔脚怒射，扳成平局。接着，容志行盘球突破对方防守，又攻进一球。广东队以2:1战胜古巴队，容志行一传和一射，被球迷传为佳话。

1973年，容志行被选入国家队，1974年随队访问香港。在与香港联队比赛中，他连晃3名防守球员，果断射门中的，被《香港报》称为世界波。

1977年10月20日，北京国际足球邀请赛移师上海江湾体育场，中国国家队迎战非洲劲旅扎伊尔队。双方打得难分难解，比分为2:2。当时中国队的右后卫相恒庆在中场的一记45°长传，将球踢到对方罚球区门，只见容志行迅速从左边切入，在扎伊尔两名中卫的夹击下，背向大门用前胸接住来球，身体后倚，先飞起左脚，后甩动右脚，在腾空中用右脚背猛地击球，球直飞大门擦横梁破网。在场的所有中外观众，都被这一引人入胜的进球所吸引，全场随之轰动。

1978年，在有多名国际球星参加的“美国宇宙队”访华比赛中，容志行出色的球技，受到球王贝利称赞：“在我未到中国之前，我认为中国队是没有超级球星的，但11号（志行）的盘球、射门及组织才能实在太出色，他是了不起的选手。”说罢还与容志行交换了球衣，大有英雄相见恨晚之感慨。

容志行不但球技高超，球德同样受到人们的赞誉。比赛中，他从不计较对方的粗野动作，场上服从裁判，从不故意伤人。如果同队球员伤了对方，还说服队友先赔礼道歉。这些良好的体育风尚，也赢得了观众的好评。从此，“志行风格”在我国足坛广为流传，成为体育界学习的榜样。他被授予“体育荣誉奖章”，曾三次被评为全国“十佳运动员”，并被选为全国第十二届人民代表大会代表，被球迷们赞誉为“中国的贝利”。

（十）穿裙子的马拉多纳——孙雯

孙雯，1973年4月6日出生在福州，身高1.63厘米。6岁随母亲迁居上海，9岁迷上足球，12岁进入上海市体校，17岁入选中国女子足球国家队。与马拉多纳一样，在各自的足球队中两个人的身材都不高，并且都擅长于左脚得分。

论身体条件她并不突出，在训练、比赛中曾多次受伤，能在短短时间里成为世界级明星，靠的是她的勤奋与孜孜不倦的努力。更重要的是，在场上她靠脑子在踢球。作为中国女子足球队队长，她不但善于组织，统筹全局，而且传接球准确，门前得分能力强。当她控球时，对方很难将球抢走，是个各方面都十分突出的全面型选手。从1991年到1999年，她与中国女足共同参加了三届世界女足锦标赛，分别获得第5名、第4名与第2名。其间，孙雯还率领中国女足获得了1996年奥运会的亚军。

特别要提的是1999年，孙雯在第二届世界女子足球锦标赛上的出色表现令人赞叹。小组赛上中国队与非洲劲旅加纳队相遇。孙雯上演了“帽子戏法”。开场仅8分钟，她从中路强行突破后，用左脚将球射入球门右下角；20分钟后，她带球又一次杀入罚球区，推球进门。下半场9分钟时，她再次补射成功。最后，中国队以7:0大胜对手。四分之一决赛对阵挪威队中，孙雯在65分时，

顶住压力，用一记刁钻的点球将挪威队淘汰。在与美国队争夺冠军时，中国女足姑娘由于一个有争议的点球判罚而屈居亚军。但孙雯备受推崇的独进七球的表现，被评为金靴奖与最佳射手。

2000年孙雯被国际足联授予世纪最佳女足运动员称号。

2003年孙雯第四次代表中国队参加第四届世界女足锦标赛，又攻进一球。这样，在四届锦标赛上，她为中国队奉献上11个进球。这个进球数在女足世界杯史上已名列前茅。